Il primo amore non si scorda mai

Vincenzo Berghella

Copyright Page

Copyright year: 2012

ISBN No: 978-0-578-14246-3

Dello stesso autore:

- **Obstetric Evidence Based Guidelines.** Informa Healthcare, London, UK, and New York, USA (2007) [English]

- **Maternal Fetal Evidence Based Guidelines.** Informa Healthcare, London, UK, and New York, USA (2007) [English]

- **Laughter, the best medicine. Jokes for everyone.** (2007) [English]

- **Ridere, la migliore medicina. Barzellette per bambini.** (2007) [Italiano]

- **My favorite quotes.** (2009) [English]

- **In medio stat virtus – Citazioni d'autore.** (2009) [Italiano]

- **Quello che di voi vive in me.** (2009) [Italiano]

- **Dall'altra parte dell'oceano.** (2010) [Italiano]

- **Preterm Birth: Prevention and Management.** Wiley-Blackwell. Oxford, United Kingdom. (2010) [English]

- **From father to son.** (2010) [English]

- **Sollazzi.** (2010) [Italiano]

- **The land of religions.** (2011) [English]

- **Giramondo.** (2011) [Italiano]

- **Obstetric Evidence Based Guidelines.** Informa Healthcare, London, UK, and New York, USA (2012; Second Edition) [English]

- **Maternal Fetal Evidence Based Guidelines.** Informa Healthcare, London, UK, and New York, USA (2012; Second Edition) [English]

- **Trip to London.** (2012) [English]

- **Maldives.** (2013) [English]

- **Russia.** (2013) [English]

- **Happiness: the scientific path to achieving well-being.** (2014) [English]

- **New Zealand: 100% pure.** (2014) [English]

Se vuoi essere perfettamente felice in amore,
te lo devi immaginare.
E non lo devi mai 'consumare'.
Mai vivere.
Solo sognare.

Capitolo 1
Apparizione a 16 anni

Il cielo era come non l'aveva visto mai. Alle 5 e mezza, quasi le sei, le primi luci dell'alba ne coloravano di violetto, poi indaco, poi arancione, poi rosso chiaro, una piccola striscia, giusto sopra l'orizzonte, solo per un centimetro. Sotto, il mondo, ancora buio. Sopra, il resto del cielo, immenso, blu quasi nero.

A 16 anni il primo viaggio in aereo non si scorda mai. Niccolo', malgrado l'alzataccia, non riesce a staccare gli occhi da quel capolavoro nell'oblo' del volo per Londra. E' alto, 1:86, e chissa' se crescera'ancora. I capelli ricci, neri come la lava del suo Etna, la pelle scura come i suoi antenati.

E' il primo viaggio all'estero, per imparare quella lingua che incomincia a sembrare cosi' importante per il futuro di ogni giovane. Ma e' tutto nuovo, per Niccolo'. L'aereoporto. L'aereo. Questi colori dell'alba, e la prospettiva da dove l'ha ammirata, da sopra le nuvole. Non conosce nessuno, tranne sua cugina Betta, quasi della sua eta', quindicenne, che l'accompagna.

A ripensarci, 32 anni dopo, era l'inizio di un'avventura che gli avrebbe cambiato la vita. Come in un film, ripensare a quei momenti e' come rituffarsi in un mare di memorie. Anche dopo piu' di trent'anni, la memoria di quel viaggio e' vivida, sembra essere come oggi.

Il ricordo piu' forte, dominante, era quello del viso. Il ricordo del suo viso. Aveva gli occhi blu, grandi, rotondetti. Di un blu intenso, frastagliato, luminoso. E vicino la pupilla, di solito grande, dei pezzettini piccolini di mosaico sui toni dell'arancione.

Guardare quegli occhi, oggi, dopo 32 anni, e ancora piu' allora da adolescente, era difficile, metteva in imbarazzo. Non li ha mai visti tristi. Erano sempre allegri, simpatici, intriganti, affettuosi. Cosi' belli da riuscire a guardarli solo per qualche secondo alla volta. Come guardare il sole, che, dopo un pochino, abbaglia, da qualunque angolo lo si guardi.

A ripensarci ora, con tanta piu' saggezza di allora, chissa' se quelle pupille nere, cosi' ben incorniciate, erano sempre cosi' grandi, anche quando guardavano qualcun altro. La scienza insegna, Niccolo' lo aveva letto su Focus, che le pupille si dilatano quando si guarda una persona amata, desiderata.

Non e' vero che tutti i giovani sono belli. A 14 anni si puo' essere brufolosi, coi capelli ribelli e mal tagliati, peluria da peluche, ancora non formati, ne' carne ne' pesce, come si dice. Lei invece a 14 anni e' perfetta. Botticelli la sceglierebbe come sua Primavera.

Il viso e' elegantemente ovale. La pelle non e' bianca, ma ha dei riflessi gialli e arancioni, perfetto background per il resto dei colori forti degli occhi, e dei capelli. Questi sono fini, lisci, con riflessi rossi. Come in 'Uno, nessuno, e centomila', il meraviglioso romanzo di Pirandello, non e' cosi' che si vede la Bea. Beatrice pensa di avere i capelli castano chiari, quasi biondi.

Scoprire come ci vedono gli altri e' un po' un piccolo trauma. Niccolo' le confidera' che gli piacciono anche i puntini bianchi che Beatrice ha sul viso. Saranno solo tre o quattro, e sono davvero puntiformi, percettibili solo se l'ammiratore e' a meno di dieci centimetri dal viso.

Il corpo di lei Niccolo' neanche lo ricorda, a 16 anni non e' abbastanza scaltro da essere attratto da seno o sedere. Bastano occhi, gentilezza, simpatia, il sorriso.

Anche dopo 32 anni, il viso e' luminoso come lo era sempre stato. Si, ci sono le rughe, qualcuna intorno agli occhi, alle labbra. Ma gli occhi brillano come allora, e sono sempre difficili da guardare senza sentirsi un po' girare la testa. Le labbra sono ancora sexy e piene. Ora Niccolo' si chiede ancora di piu' se sono morbide, o piu' dure di quello che immagina. E che sapore hanno.

L'aveva notata subito, all'aereoporto di Roma, quando non erano che due ragazzi. C'erano almeno 40 o 50 visi giovani che Niccolo' non aveva mai visto. Ma tra di loro, senti' subito come una calamita che l'attiro'. Chissa' cosa ci attrae veramente, cosi' repentinamente. I movimenti leggiadri, il sorriso coinvolgente e sereno, la risatina, i capelli leggeri, gli occhi che brillano. Chissa'.

Nulla di tutto questo che Beatrice 'sprizzava' a 14 anni tra i suoi amici veneti era rivolto a Niccolo'. Ma lui la noto' subito. Era come vedere una splendida ballerina classica muoversi leggera sulle punte in mezzo al traffico di un incrocio.

Erano tante le ragazze, e i ragazzi. Ma l'occhio, o forse e' meglio dire il cuore, di Niccolo' noto' proprio lei. Chissa' perche'. Chissa' se era del suo gruppo di viaggio, e se l'avrebbe mai piu' rivista. Chissa' se ci avrebbe mai parlato. Chissa' se aveva il ragazzo. Chissa'.

Capitolo 2
Far di tutto per conoscerla

L'Inghilterra era la loro prima esperienza all'estero. Sia per Niccolo' che per Beatrice. Ma non fu l'esperienza linguistica a cambiare Niccolo', anche se ora l'inglese e' la lingua che parla piu' spesso. Non fu l'essere in un college straniero, coi prati verdi e nuove conoscenze. E' il ricordo di lei, ancora vivo dopo tanto tempo, che e' rimasto come una piccola rosa nel suo cuore.

Per giorni, Niccolo' fece di tutto per conoscerla. Mise su un piano. Prima, si devono conoscere i suoi amici. Paolo e' il piu' simpatico, il piu' buono, si capisce subito che e' una persona meravigliosa, per bene. Poi bisogna avvicinarsi a quella che sembra la migliore amica della Beatrice, cioe' la Raffaella. Raffaella sembra meno schiva, piu' 'approcciabile', come si direbbe traducendo dall'inglese, della Bea.

E cosi', piano piano, Niccolo' entra nel piccolo mondo che frequenta anche la Bea. Grazie anche a sua cugina Betta, che come femmina, piu' vicina anche di eta' a Beatrice e Raffaella, introduce Niccolo' nel giro di queste ragazzine. A ripensarci, sarebbe stato molto piu' difficile avvicinarsi alla Beatrice senza aver avuto Betta da spacca-ghiaccio.

Si e' impacciati, insicuri di se', e completamente inesperti da giovani. Niccolo' e la Bea non erano eccezioni, entrambi vergini a qualsiasi esperienza d'amore. Ma Niccolo' fu insistente. E' bello non nascondere i propri sentimenti. Lui non lo fece. Si sforzava di essere simpatico con tutti gli amici. Giocava a pallone. Studiava l'inglese. E cercava sempre di trovare l'occasione giusta per essere vicino a Beatrice. Conoscerla. Guardarla negli occhi. Farle capire quello che provava. Sentire la sua voce.

La sua voce. Come descrivere il canto dell'usignolo? Beatrice faceva scivolare le 's' e soprattutto le 'z' nella sua bocca come Niccolo' non aveva mai sentito. Anche la voce e' metodo di seduzione, strumento di conquista, organo sessuale, ma Niccolo' se ne rendeva conto solo ora, 32 anni dopo, risentendo le stesse 's' e le stesse 'z'. Forse per quello, quando anni dopo tornava in Italia, godeva delle loro poche telefonate. Per sentire la sua voce sexy.

Ma, come si fa per difendersi dall'onda da tsunami dei sentimenti, quando qualcosa piace cosi' tanto, ci se ne fa gioco. La Beatrice forse era scioccata dai commenti sulla sua voce di questo ragazzone venuto dal sud. Non ci trovava niente di speciale nella sua voce, e pensava che Niccolo' la volesse solo prendere in giro.

Com'e' difficile farsi capire, soprattutto quando l'io e' iper-eccitato dall'innamoramento. Ogni gesto, ogni inflessione della voce, viene notata, puo' essere frainteso. Niccolo' studiava tutti i movimenti della Bea, le sue moine, le sue smorfie, i suoi dolcissimi sorrisi. E si squagliava. Friggeva, come disse giustamente la Bea 32 anni dopo.

C'e' chi dice che le donne un uomo non le capira' mai. Un po' e' vero, molto non lo e'. Niccolo', ormai piu' che un uomo di mezza eta', ha avuto la fortuna di conoscere piu' donne che uomini, dalle insegnanti alle tante ragazze e donne che ha avuto. La sua professione da adulto l'ha mescolato a infermiere, specializzante, studentesse. Ma a 16 anni, il mondo femminile e' un po' un buco nero per un ragazzino, per quanto aitante.

I rapporti di Niccolo' e la Beatrice erano diventati, col passare dei giorni, sempre piu' cordiali. A volte, guardandola, Niccolo' s'immaginava che lo stesso sentimento che sprigionava dentro di lui sprigionasse anche dagli occhi di lei. Ma non ne era affatto sicuro.

Erano sempre in gruppo, sempre con almeno altre quattro o cinque persone attorno, la Raffaella, Betta, Paolo, a volte anche Gianni e gli altri.

Capitolo 3
L'innamoramento

Come si fa a comunicare all'altro il proprio affetto? Come si fa a fargli capire il proprio sentimento, cosi' puro ma fiammante, cosi' sincero a 16 anni? Come si fa a capire se ha capito? Come si fa a dire che ci si e' innamorati, 'proprio di te,' ed e' la prima volta?

A quell'eta' i sentimenti sono cosi' puri, i comportamenti cosi' impacciati nell'innamoramento, che e' difficile dire anche se la bella, Beatrice, e il suo bruto, o quanto meno bruno, Niccolo', siano mai stati veramente insieme. Ma il cuore e le memorie di Niccolo' dicono di si'.

"Ci tenemmo per mano un pomeriggio," ricorda Niccolo'. E tenersi per mano passeggiando, di fronte agli altri, e' un segno piu' profondo, e piu' importante, di avere avuto un rapporto sessuale con penetrazione, il cosidetto rapporto completo. Anni dopo, Niccolo' non riusci' a tenere per mano la ragazza con cui aveva avuto il primo rapporto completo. Ma tenere la mano di Bea per poche ore, un solo giorno, fu molto piu' profondo, molto piu' importante.

Come fare per passare due minuti a parlare solo con lei? Niccolo' se lo sognava, ma ne aveva anche terrore. E che avrebbe detto? Di che avrebbe parlato? In fondo, appartenevano a due mondi diversi, lei sembrava cosi' aristocratica, andava a sciare sulle Dolomiti, lui era figlio del mare.

Una volta andarono in gruppo a camminare in una zona fuori citta'. C'era un sentierino tra l'erba verde, dove si camminava per ritornare al college inglese. Niccolo' riusci', senza dare troppo nell'occhio agli altri, a mettersi in fila proprio dietro la Bea. Un mezzo miracolo. Non voleva farsi notare dagli altri, anche dall'amata cugina, e da quello che stava diventando un suo grande amico, Paolo.

Ma l'occasione era ghiotta. Niccolo' parlo' alla Beatrice dei suoi genitori, della sua citta', del suo mare. Chiedendo alla Bea delle sua famiglia, delle sue abitudini, del suo background. Si', a pensarci ora, dopo tanti anni, questo amore fu a prima vista. Ma il fuoco da scintilla che era stato all'aereoporto prese ossigeno e si alzo' con furia divampando verso il cielo in quei precisi momenti, su quel sentiero.

Per la prima volta, Niccolo' poteva parlarle direttamente. Aprirsi un po'. Dimostrarle il suo interesse, e le senzazioni che lei gli suscitava. Noto' ora, guardandola un po' piu' da vicino, sotto il sole estivo inglese, l'arancione che faceva da sole per i raggi del blu dei suoi occhi. Noto' i puntini bianchi sul viso, cosi' piccoli, fragili, gentili. Noto' il suo sguardo allegro, per lui accattivante, illuminante.

Anche li', forse ci furono malintesi. Pirandello insegna che spesso i commenti su se stessi, fatti da altri, soprattutto se semi-estranei, possono essere fraintesi. E in effetti gli uomini vengono da Marte, e le donne da Venere, come dice una famosa serie di libri sul rapporto tra i due sessi.

La Bea, quattordicenne spensierata, penso': "Questo mi prende in giro. Io ho gli occhi solo blu. Odio i puntini sulla mia pelle, perche' Niccolo' ne parla? Mi vuol far solo male? Si prende gioco di me? E' un bullo scostumato? Pero' sembra anche un po' un romanticone? Bha'... Forse oggi il gelato lo prendo al pistacchio."

Poi c'erano gli argentini. La gelosia e' una brutta bestia. E le donne... sanno come far inbestialire gli uomini. Sono artiste in questo. E anche se gli uomini lo sanno, ormai da millenni, ci cascano sempre, ogni volta. E' incredibile.

Il gruppo di italiani della Bea, di Niccolo' e degli altri, aveva conosciuto un gruppo di ragazzi argentini. Per lo piu' maschi. Successe una notte in discoteca. Loro cercarono di ballare con le belle ragazzine italiane. Qualcuna di loro si rifiuto', garbatamente. Ma il sangue caliente sudamericano non ammette sconfitte amorose.

E cosi' era iniziato un corteggiamento continuo, ora di giorno, non solo di sera, degli argentini per le belle italiane. E, indovinate un po'? Questo faceva enorme piacere alle giovani ragazze, da pochi mesi signorine, solo uno o due anni fa bambine. Le seguivano dappertutto. E probabilmente, quando non si facevano vedere, erano le stesse gallinelle padovane che andavano a fare le smorfiose dove sapevano c'erano i galli argentini.

L'amore e' quasi sempre condito anche da un po' di sofferenza. La ricetta e' fatta cosi', non esistono cuoco o cuoca che abbiano veramente eliminato dalla pietanza 'amore' il sapore di amaro che ha lo struggimento amoroso.

La Beatrice faceva il filo agli argentini. Cosi' come la sua amica Raffaella. Ed anche la cugina, Betta! In questi frangenti, tornando alla comparazione culinaria, Niccolo' veramente friggeva. Pensava: "Va bhe', la Bea e' giovane, appare cosi' spensierata, ai ragazzi non ci pensera' neanche. Ecco perche' non ricambia il mio interesse."

"Non sa come comportarsi con l'altro sesso, in fondo ha due anni meno di me, solo 14, devo aspettare perche' possa anche solo per motivi eta' provare certi sentimenti," elucubrava la mente inbevuta di innamoramento del Niccolo'.

Ma ora? Come spiegare le moine della Bea e delle altre con gli argentini? Era stato chiaro nei primi giorni che le ragazze preferivano a volte stare da sole, senza orecchie col cromosoma Y attorno. Dando ai coetanei ragazzini italiani quello che in inglese si chiama 'cold shoulder.'

Niccolo' era invece incredulo vedendo adesso un comportamento completamente diverso. "Ma come?", si ripeteva nel cervello. Le ragazze italiane, anche abbastanza sfacciatamente, cercavano ora la compagnia maschile. Ma era quella sudamericana a cui agognavano. A Niccolo' sembrava lo facessero apposta per farlo soffrire. Era anche un po' preoccupato per la cugina, cosi' giovane, di cui si e' sempre sentito responsabile avendo qualche mese in piu' ed essendo 'il maschio.'

A volte Niccolo' pensava: "Si', si', lo fanno apposta, per farci un po' ingelosire." Ma era troppo sveglio per non capire che gli argentini erano carini, simpatici, parlavano una bellissima lingua, il loro inglese con l'accento era sexy, e forse rappresentava un po' la trasgressione dell'esotico per le giovanissime principessine italiane.

Con il passare delle ore, dei giorni, la speranza di Niccolo', sbocciata sul sentiero, veniva picconata giu' non dagli argentini, poveretti, ma dalle mille attenzioni e moine che le italiane offrivano loro, su un piatto d'argento. "Ah, come sono fortunati 'sti argentini," pensava Niccolo'. Certo l'accento siculo non e' lo stesso di quello delle pampas.

Capitolo 4
Il coraggio di chiederle di ballare

Quando si e' innamorati si e' sbronzi, si e' abbagliati, si e' drogati. I sensi funzionano malissimo, si vede solo quello che si vuole vedere, si sente solo quello che si vuol sentire, si vede solo quel che si vuol vedere. Si cancella il negativo, si incorona e si magnifica il positivo.

Niccolo' era sbronzo, accecato, drogato. Era deciso a batterli gli argentini, anche se ad armi impari. Come un bambino con la fionda di fronte ad un carro armato. Da giovani si e' piu' coraggiosi che da adulti. E se ci arriva un cannonata addosso? A 16 anni non la si teme. Forse perche' la cannonata non la si e' mai vista, e quanto fa male non lo si e' ancora provato.

"In fondo, che ho da perdere? La faccia? La reputazione? Il mio io? La sicurezza quando faro' la corte a qualunque altra ragazza in futuro?" erano pensieri che solo sfioravano la psiche obnubilata di Niccolo'.

Non si sentiva Rodolfo Valentino. Anzi. Sapeva di essere impacciato, insicuro. Forse troppo sdolcinato. Troppo gentile. Troppo accettevole di questa situazione da subordinato. Da 'scartato', da 'minore', da insulso, inutile, senza speranze.

Quello che successe dopo gli successe molte volte in seguito nella vita, da giovane adulto, poi adulto, poi anziano. Ma quella fu la prima volta che trovo' dentro di se piu' coraggio di quanto credeva avere. Piu' faccia tosta di quella che avevano altri ben piu' scaltri di lui.

A ripensarci, 32 anni dopo, a Niccolo' viene ancora da sorridere. Gli si espande il petto. Gli si inumidiscono gli occhi. Il cuore si mette a correre un po' piu' forte, come allora. Torna giovane e imbattibile. Puro e senza paura.

Fu al ballo. E c'erano pure gli argentini. Per due giorni Niccolo' aveva temuto questo evento. Oramai credeva la Beatrice innamorata di uno degli argentini. Non era neanche sicuro di quale, ma era certo che gli occhi della Bea brillavano per uno di quei maledettissimi argentini.

Anche in questa occasione, l'unico pensiero del sempre piu' ubriaco d'amore Niccolo' era stare un po' con la Bea, attirare le sue attenzioni. Oramai sarebbe anche bastato cercare almeno di non farla mettere con uno degli argentini, diamine. Va bene non essere ricambiato, oramai Niccolo' se era fatta una ragione, anzi dieci ragioni, per cui la Bea faceva quasi bene a non mettersi con lui. Se l'era ragionata proprio bene, e il loro rapporto, se pur di giovane amicizia, non ne sembrava soffrire.

Ma Niccolo' non poteva accettare il pensiero della Beatrice insieme ad un argentino. Il pensiero di vederli solamente vicino, lo faceva traballare, e poi stramazzare a terra dalla gelosia.

Ci sono momenti, come si dice, 'clou', nella vita. Si fanno delle cose che, a ripensarci bene, ci appaiono sovrumane. Eppure le abbiamo fatte noi. Ci hanno cambiato la vita. Niccolo' ora ripensa alle tante lezioni fatte davanti a centinaia o migliaia di medici, in tanti diversi continenti. Pensa agli esami di stato negli USA, o anche alla maturita'. Pensa ai successi sportivi, ai tanti libri, alle innumerevoli e famose pubblicazioni.

Come si fa ad avere tanto coraggio? Bhe', senz'altro aiuta avere una buona dose di incoscienza. Incoscienza: cosa vuol dire? Vuol dire non essere consapevoli delle conseguenze di quello che si sta facendo. Niccolo', a 19 anni, parti' per l'America, senza pensare troppo a quello che poteva essere. Era quello che si sentiva era giusto fare in quel momento, e la vita e' adesso, come si sa. Non e' domani. Ne' ieri.

"Dai, balliamo, cosi' fai ingelosire i tuoi argentini." Fu questa la frase che Niccolo' riusci', con un coraggio e una faccia tosta che non si sentiva ancora di avere a 16 anni, a dire alla Bea, nel mezzo della musica da discoteca, nel mezzo della loro comitiva. Sentiva che se l'avesse detto a qualunque altra ragazza li' lei avrebbe accettato: la musica era bella, lui era un ragazzo buono e bravo, si vedeva che non aveva un grammo di cattiveria dentro.

Ma la Beatrice? Come avrebbe risposto? Niccolo' aveva incominciato a capire che la Bea era una maestra nell'essere sfuggevole. Nel saper dir 'no' senza dirlo, nel saper allontanarlo senza cercare di ferirlo direttamente. Il rifiuto di ballare, anche gentile e col sorriso piu' bello che Niccolo' aveva mai visto, lo avrebbe travolto come un terremoto che sgretola e spacca la montagna.

A 16 anni non si ha paura. Ci si butta di piu'. Forse sono anche i sentimenti che sono piu' forti, meno controllati, anzi, proprio non controllabili.

"Si, volentieri, balliamo." Le tre piu' belle parole che Niccolo' aveva mai sentito dire da lei. Solo a ripensarci Niccolo' ha un fremito. Ma e' stato solo un sogno o davvero realta'?

No, c'e' la conferma. Trentadue anni dopo, durante una meravigliosa passeggiata a Venezia, la Bea confessa a Niccolo', quando ormai hanno tutti e due dei capelli bianchi, che quel ballo c'e' stato. La musica era 'Please don't go'. "La nostra canzone," ammise finalmente la Bea, quasi con commozione. "E' li' che mi sono innamorata anch'io," ammetteva dopo decenni la Beatrice.

Entrambi ricordano ancora le parole del successo, uscito proprio quell'anno, della KC & The Sunshine Band –'Please don't go':

Babe, I love you so
I want you to know
that I'm going to miss your love
the minute you walk out that door

so please don't go
don't go, don't go away
please don't go
don't go, I'm begging you to stay

If you live, at least in my life time
I had one dream come true

I was blessed to be loved
by someone as wonderful as you

Hey hey hey
I need your love
I'm down on my knees
beggin' please please
please don't go
don't you hear me baby
don't leave me now
oh no no no don't go

Ci sono dei momenti che non si scordano mai. Niccolo' quel ballo ce l'ha scolpito nel ventricolo sinistro del suo cuore, e la musica addolcisce ancora neuroni profondi del sui emisferi cerebrali.

Per la prima volta, l'abbracciava. In questo momento, non esisteva che la Beatrice per lui. Non se ne fregava che li stavano guardando tutti. La cugina incredula. Gli altri italiani, che vedevano i loro sospetti su Niccolo' confermati. Gli argentini... "Ma chi se ne frega di cosa stanno pensando! Spero muoiano d'invidia," penso' Niccolo' per un attimo, buttando lo sguardo verso l'angolo buio dove sapeva si assiepavano.

Niccolo' era forse troppo caldo, o freddo. Sicuramente sudato sotto le ascelle. Emozionato, con le mani fredde e umide. "Stringo troppo? Ma no, non sto stringendo abbastanza! Ma dai, ha 14 anni. Ma, con gli argentini..." Ne pensava mille di problemi.

Quanti pensieri gli frullavano nella mente. Niccolo' c'era riuscito, ma aveva ancora tanta paura. "E se ora smette di punto in bianco di ballare e di fronte a tutti corre a rifuggiarsi ancora una volta dalle amiche, dal branco?" Ma riusci a parlarle. A bisbigliarli la sua felicita'. E lei, senza sbottonarsi per niente, fu carina, dolce, come Niccolo' s'immaginava doveva essere dentro.

Capitolo 5
Il massimo: passeggiare mano nella mano

Fu dopo quel ballo, nel pomeriggio successivo, che Niccolo' riusci' a tenere per mano la Beatrice. Non ci furono serenate. Non ci furono poetiche dichiarazioni d'amore. Niccolo' aveva calcolato che la Beatrice non le avrebbe prese bene. Si sentiva gia' cosi' romanticone, impacciato, e la Bea poteva anche dargli un calcione, pensava Niccolo', se lui avesse calcato troppo la mano.

Camminavano un po' dietro al gruppo, per le strade di Canterbury, mano nella mano. Ad ogni eta', per ogni esperienza, c'e' un apice, una situazione di estremo e immenso piacere. Il sapore del successo e della felicita' che provava Niccolo' erano difficili da descrivere. Come arrivare in cima all'Everest. Fare due passi sulla luna. Vedere il proprio nome stampato su un giornale, su un libro, in modo positivo. Alcuni dei paragoni che si potrebbero fare, ma neanche riescono a rendere bene l'idea.

Niccolo' aveva rivissuto quel tenere la mano della Bea per decenni ormai, da quel pomeriggio parzialmente nuvoloso nel mezzo dell'Inghilterra. Se l'era portato dentro di se', e l'aveva risognato, mille volte.

Quella notte non riusci' a prendere sonno. Sul materasso piu' alto del letto a castello, con Paolo sotto che si era addormentato appena aveva toccato il cuscino, Niccolo' sognava, ma ad occhi aperti. Come era potuto succedere? La ragazza piu' bella del mondo gli aveva tenuta stretta la mano, e per parecchio tempo!

Erano scomparsi argentini. Erano scomparsi dubbi, gelosie. Era rimasta solo la luce bianca del sentimento piu' puro. Piu' di dieci caffe' o coca-cole, il pensiero di lei tenne per molto tempo gli occhi e la mente di Niccolo' spalancati a rievocare quello che era accaduto e ad immaginare quanto ancora poteva accadere.

Per ore, Niccolo' volo' con il pensiero, a scoprire cosa veramente provava lei, a cosa sarebbe stato. "Lo ha fatto solo per ingelosire qualcun altro? Voleva sentirsi grande? In fondo, forse per lei stringermi la mano non ha significato molto, magari non l'immenso che ha significato per me." I suoi neuroni scorrevano alla velocita' della luce, trecentomila chilometri al secondo.

"Cosa avrei fatto il giorno dopo? Forse era troppo stringerle ancora la mano, anche in classe. Mi dovevo sedergli vicino? No, no, non voglio metterla in imbarazzo." Poi: "Oppure no? Si aspetta che cerchi di trovare il momento e il luogo giusto, appartatato, per baciarla?" Niccolo' ne aveva quasi paura. Non aveva mai baciato prima. Come si faceva?

Niccolo' aveva letto da qualche parte che quello che si fa volentieri si impara facilmente. E che il bacio e' una lezione semplicissima, che si impara immediatamente. "Ma forse una 14enne si aspetta che io abbia una certa esperienza. Che la guidi un po'. Che sappia dove (o meglio 'se?') metter la lingua. Magari se lo faccio mi da un cazzotto, e non mi guarda piu'."

Niccolo', forse erano le due di notte, aveva deciso. Niente bacio. Forse era timidezza. Ma piu' di tutto, sentiva dentro il suo cuore che la Bea era troppo bella per rovinarla con un bacio. E il rischio di perderla troppo grande. Aveva gia' rischiato da morire a chiederle di ballare. E tenerle la mano in pubblico era stato quanto di piu' sfacciato Niccolo' avesse mai fatto.

Capitolo 6
Pene d'amore

Il giorno dopo, Niccolo' si sentiva di camminare ad un metro da terra. Era troppo, troppo felice. Nella testa cantava, strillava di gioia. Cerco' di contenere esteriormente il suo comportamento. E di non 'molestare' la giovanissima Bea, che oramai lui avrebbe volentieri chiamato davanti a tutti 'Dea', e tenuto costantemente sotto il braccio sudato.

Ma le sue onde di felicita' si infrassero presto sullo scoglio della bella amata. La Dea aveva cambiato, cosi', in una nottata, la polarita'. Ieri, era il polo opposto del Niccolo', e l'attrazione era palpabile, letteralmente.

Oggi la Beatrice aveva la stessa polarita' del Niccolo', e lo respingeva. Niccolo' se ne accorse subito, perche', come detto, gli innamorati notano tutto del loro oggetto di desiderio. Bea, incontrata in classe, quasi non lo saluto', neanche un abbraccio. "Va bhe', dai, e' timida," fu il primo meccanismo di difesa mentale del maschio conquistatore.

Poi, durante la lezione, lei sfuggiva il suo sguardo. Niccolo', seduto cinque banchi lontano da lei, nel semicerchio al cui centro si muoveva un'ombra che doveva essere la maestra d'inglese, cercava sempre i suoi occhi.

Immaginatevi la scena: tipo Roberto Benigni, nel film 'Non ci resta che piangere,' quando in chiesa cerca di incrociare lo sguardo della donna amata, che invece guarda fisso davanti, e non lo considera per niente. Dopo 32 anni, a ripensarci, Niccolo' si rivede nella sua scena ugualmente ridicolo, e ugualmente sconfitto.

"Ma cosa ho fatto? Cos'e' successo?" Niccolo' non sa darsi pace. Dalle stelle, ieri, e stanotte, alle stalle, direi al letame, ora. "Forse e' timida. Forse sono stato troppo sfrontato. Ma le ho solo tenuto la mano! E, bhe', e' troppo per lei. Ti vuol bene, ma devi mantenere le giuste distanze." Oppure? "Ma dev'essere che e' innamorata dell'argentino, lo ha fatto per farlo ingelosire, ma si', cosa mi sognavo? Ma ti sei guardato allo specchio? E non le senti le minchiate sdolcinate che dici?"

C'era da impazzire. L'amore e cosi'. Non esiste il grigio, la mezza misura. Forse non deve esistere. C'e solo la gioia, immensa. E il dolore, altrettanto forte. Ci si sente falliti. Ci si sente indesiderati non solo dall'amata, ma da tutti, dal mondo. Ci si sentono mancare le forze. Il coraggio scappa via dal proprio corpo. La linfa vitale esce dai pori dei piedi, e la lasciamo come una striscia per terra dietro di noi.

Oramai non c'era niente da fare. Niccolo' capi' quel giorno che la Bea aveva cambiato idea, o l'idea che lui pensava avesse avuto in effetti se l'era solo sognata lui, come un ebete.

Mancavano due giorni alla ripartenza per l'Italia. Sarebbero potuti essere i piu' belli della sua giovane vita. Ma tutto quello in cui poteva sperare Niccolo', al massimo, era solo una spiegazione. La tormento' finche' lei gliela diede.

"Sono giovane, ho solo 14 anni. Non posso, scusa. Poi tra due giorni tu torni nella tua Sicilia, io nella mia citta' del nord, quando mai ci potremo rivedere?" In effetti non poteva darle torto. Non avevano la macchina. Che avrebbero detto ai loro rispettivi genitori? Le telefonate sarebbero state costose. Le lettere avrebbero solo fatto male, facendo bruciare un fuoco che non poteva avere ossigeno.

Eppure? Che sarebbe stato se lei avesse avuto piu' coraggio? O forse piu' sentimento? Tra un anno e mezzo Niccolo' avrebbe avuto la macchina. Ehi, aveva gia' la moto, ovvia, il motorino. Le lettere le avrebbe scritte lo stesso, e sarebbe stato piu' carino scriverle ad una che i sentimenti li ricambiava apertamente, che ad un sogno che lo teneva a distanza.

Niccolo' era, ed e' rimasto, il classico bravo ragazzo. Quello che non forza le persone a fare quello che non si sentono di fare. Forse la Bea, piu' ribelle e sbarazzina, aveva bisogno di un tipo piu' deciso. Ma Niccolo' non se la sentiva di sbattere ancora il muso. Si sentiva gia' dolorante, direi dissanguato dalla ferita. Si lasciarono promettendosi di rimanere, come si dice in questi casi, solo 'amici'.

Capitolo 7
Circa tre mesi dopo il primo incontro

Lettera composta per meta' di notte e per meta' di giorno, sfruttando uno sciopero provvidenziale che mi ha fatto saltare un venerdi' con Greco, Italiano, Latino, Chimica e Filosofia.

Innanzitutto non so come iniziare. Avrei potuto iniziare con un 'cara' o un 'dear', ma sarebbero stati troppo allusivi. Per Raffaella ho potuto adottare un simpatico 'cara sana', ma con te....

Come vedi non mi e' facile scriverti: comunque il mio ruolo, come tu mi suggeristi una volta, sara' quello dell'amico, il piu' adatto e il piu' vero.

Non e' comunque la prima lettera che ti scrivo, perche' posso dire che in questi ultimi tempi, da quando cioe' e' iniziata la tortura scolastica, ho pensato spesso all'Inghilterra e a te, cercando quasi di parlarti telepaticamente: ti ho mandato riflessioni bellissime, in cui ti dicevo tutto di me, sentimenti, umori, amici, simpatie...

In effetti sto passando un bel periodo in quanto anche senza l'impegno abituale la scuola mi va discretamente, e mi concede sufficienti spazi per coltivare quelle che io chiamerei le mie 'passioni'. Solo il prof. di greco mi fa penare: first of all e' quello che voi chiamate 'busone'; un piccoletto maledetto esigentissimo che se l'e' presa proprio con me; su 15 lezioni o poco piu', non mi ha mai risparmiato, chiedendomi sempre di correggere la versione, e interrogandomi per primo, il terzo giorno di scuola, da solo (molti dicono che sono il suo tipo). Sono anche il suo fido segretario personale, anche se, per l'avermi visto spesso in giro con ragazze (spesso mia cugina Betta) per la strada o a concerto, ha detto che sono il 'lover-boy' della classe e che sicuramente, quando sono assente, vado 'di fratta in fratta' (parole sue).

Il resto dei professori, tolto il prof. di chimica balbuziente che spiega in dialetto, e' discretamente pazzo, per cui io a scuola mi sento come a casa mia, tra simili. Comunque se consideri che gia' abbiamo alle nostre spalle 4 scioperi – filoni di massa, e che il prof. di latino e italiano manca da 2 settimane e mezzo, mi invidierai di certo!

A proposito! Ho avuto pareri discordantissimi sul 'Tito Livio': alcuni mi hanno detto che e' una scuola d'elite, dove vanno i ricconi e dove non si studia; un mio compagno di classe, un padovano trasferito qui da soli 2 anni, mi ha detto che invece al Tito Livio si studia molto, e i prof. sono tamugni; lui infatti fece il quarto ginnasio al Leopardi. Vero o falso?

Ah dimenticavo: scusa la carta da lettere rubata durante il viaggio di quest'estate (Rex Hotel Geneve, Avenue Wendt 44, 1203 Geneve; mia nuova residenza).

Visto che sono in vena, se non ti disturba ti parlo di Niccolo'. Lo sai che sta maturando? Finalmente si e' aperto con tutti contagiando quelli che gli sono vicini con la sua socievolezza e la sua allegria che conosci (O NO?).

Ma vedi, ora la radio e' crudele: sta andando un lento splendido, apocalittico e profondo, e, immerso nel buio del mio studio cosi' accogliente e silenzioso, torno ad essere il sentimental-romanticone che sono, e ripenso a quello che e' stato e poteva essere in Inghilterra... bha'!

Mi accorgo oltretutto che non ti conosco, e forse questo mi ha spinto a scriverti.

Sai mantenere un segreto? Bene, Raffaella ha risposto alla mia missiva e mi ha deluso, dandomi l'impressione di una ragazza che ancora deve trovare una sua identita', anche se e' scontato che diventera' un'ottima ragazza.

Come forse ancora Betta, sente mi sembra troppo la mancanza di un ragazzo e mal cela questo suo desiderio, facendosi a volte immaginare quello che non e'. Anch'io ero cosi', ma, per fortuna, sono cambiato: non invidio piu' certi amici gia' ammogliati, fors'anche perche' sono giunto alla conclusione che e' da deficienti mettersi con una ragazza tanto per farsi vedere a bracetto con lei: io devo stimare profondamente una ragazza ed essere orgoglioso di essere ricambiato in questo da lei per poter realmente desiderare che sia la mia ragazza: altrimenti mi sento un verme, sento di andare contro me stesso.

Senza orgoglio alcuno, posso dire che tante amiche morirebbero per essere la mia ragazza ma anche se in molti casi le stimo e soffro nel vederle soffrire non posso andare contro di me anche perche' mi sentirei disonesto verso lei. Ho pero' il rammarico di non riuscire a trovarla questa ragazza ideale, perche' forse sono troppo esigente e la ragazza dovrebbe avere almeno 20 anni per darmi la maturita' e tutto quello che le richiederei.

Forse, anche, non ne sento troppo il bisogno, o forse ancora, il mio fido subcosciente mi ferma perche' sa che non sono ancora adatto a reggere un serio e duraturo rapporto a due. Comunque in generale sto attraversando un periodo abbastanza felice: mi accorgo di avere tanti cari amici che mi stimano e mi vogliono bene e tante amiche che sto coltivando, perche' sento che l'amico non mi basta piu', e certe cose le dico ormai piu' volentieri alle ragazze.

In realta' c'e' sotto il fatto che stimo piu' le ragazze che i ragazzi come confidenti, e le reputo piu' intelligenti, a parita' di eta'! Ho infatti delle compagne di classe sotto questo aspetto splendide e mi fido talmente di loro che a volte mi pare di amarle realmente. Ce n'e' una poi,... speciale: una di quelle tutto pepe; parla sempre lei ma con questo ti aiuta e con la vivacita', simpatia e voglia di vivere e divertirsi ti trovi sempre bene con lei.

La stima di cui sono oggetto, comunque, mi inorgoglisce: sono stato eletto per la terza volta su tre rappresentante di classe, ed anche la gente che magari conosco solo di vista, scopro che mi ammira, cosi' come i professori, i parenti, e tutti coloro che mi conoscono.

Poi sto cosi' bene in questo periodo anche perche' posso fare lo sport, l'unica cosa al mondo dopo il mio letto Permaflex di 2 metri, che mi distenda veramente: per me non e' solo divertimento, ma e' spesso anche necessita' psichica e fisica.

Giocando a tennis per esempio mi sfogo, posso esprimermi e far esplodere un po' del tritolo che ho in corpo e, dopo essermi docciato, scopro che la vita e' diversa, non e' triste e buia, ma e' tutta gioia divertimento e soddisfazioni: l'importante, ricorda, e' saper essere sempre felice, dimenticare le malinconie e pensare solo a quel che di buono ti circonda, che dopotutto non e' poco.

Mi piace vestirmi come un matto con gli immancabili pantaloncini corti e una scarpa diversa dall'altra, magari una bianca e una nera (intanto va 'Ma basta 'na 'iurnata 'e sole' di Pino Daniele ed e' tornato quel bontempone di papa'), farmi il bagno il 28 ottobre (pochi giorni fa, mentre magari da voi nevicava), scherzare sempre ma anche conoscere la gente, frequentarne di nuova, ecc (ora va, azzeccatissimamente, 'I so' pazz'').

Insomma, vado scoprendo che vivere e' piu' bello e interessante di quello che credevo. Ah, lo sai che ci stiamo preparando, la Betta e io, per il Cambridge, che daremo il prossimo giugno a Roma? Bhe', come vedi sono sempre impegnato, tant'e' che volevo scriverti prima, come volevo anche scrivere a Paolo.

Ma d'altro canto e' cosi' che mi piace vivere, senza un attimo di pausa sveglia presto per studiare e coricata tardi per leggere libri sull'origine della terra e dell'universo, o per seguire films, tra cui memorabilii due ultimi, 'Freud' l'uno, mentre l'altro, 'Sayonara' con Marlon Brando.

Perche' non ci invitate (voi gruppo di Padova) in montagna con voi, visto che altrimenti noi non abbiamo molte possibilita' di andarci, visto gli impegni di papa'?

Lo sai che qui c'e' ancora il sole e fa abbastanza caldo?

Ora, finalmente per te afflitta dai miei sfoghi filosofici (scusami, e cerca di non far caso alle mie riflessioni spesso sballate e senza senso), ti lascio: ti vorrei dedicare almeno qualche canzone, ma sono troppe da elencare. Ti prego ancora di perdonare la scrittura illegibile e me che ti ho fatto perdere un bel po' di tempo: ora lasciami andare a letto perche' domani devo fare footing alle 7:30.

      Ciao.   Ciao.

      Doppio

      Ciao.

*P.S. Lo sai che mi sono tagliato i capelli ed ora sono molto piu'
bello, quasi rapato a zero? (si scherza...)*

*P.P.S. Mi saluti tutti i sani e le sane di Padova, please? Mi piace
molto questo termine, 'sano', a significare uno bello, bono: essere 'il
sano di Catania' e' uno dei piu' bel soprannomi che ho mai avuto!*

Capitolo 8
Ricordare per capire

Il voler tornare a capire come si era da teenager, dai 13 ai 19 anni, ha parecchi motivi. Uno, senz'altro, e' il voler capire meglio quello che provano i nostri figli oggi, alla stessa meravigliosa ma perigliosa eta' di adolescente. Il voler immedesimarsi ancora in come si e' a quell'eta', ormai passata da piu' di 30 anni.

Capire com'e' nostro figlio che ora ha quell'eta' dovrebbe essere piu' facile tornando a rivivere com'eravamo noi alla sua eta'. E quindi ripercorrere questi ricordi, rileggere queste lettere e' anche uno sforzo per comprendere i nostri figli, maschi e femmine, che iniziano ad avere le prime 'cotte', come si diceva una volta.

Un secondo motivo e' anche capire come si e' diventati quello che si e' oggi. Il primo amore senz'altro ci influenza molto. Il rapporto che c'e' stato tra la Beatrice e Niccolo' ha insegnato molto a entrambi. A Niccolo', sia su se stesso che sulle donne. A Beatrice, sia su se stessa che sugli uomini.

Niccolo' ha capito per la prima volta che, anche se non un adone, un pochino alla Beatrice piaceva. E anche se non volle inizialmente stare come lui, alla fine, con un po' di insistenza, facendosi conoscere meglio, facendo il romantico, lei con lui ci sarebbe stata.

Ad entrambi, la loro storia ha fatto capire l'importanza della geografia. Del fatto che per stare insieme veramente bisogna vivere nella stessa citta', o quasi, in modo da potersi vedere, volendo, tutti i giorni. Hanno compreso e memorizzato la lezione che e' vitale per un rapporto d'amore vero essere a meno di un'ora dal potersi toccare, o almeno parlare dal vivo faccia a faccia.

Niccolo' dalla Beatrice aveva capito anche che le donne sono in genere dei 'tira cazzo', cioe' che a loro la nostra corte piace tanto. Che anche se le donne non si vogliono mettere insieme al corteggiatore e magari scambiar con lui piaceri fisici, l'averci intorno come adulatori lo adorano. Anche Ovidio lo disse, nell' 'Arte di amare': "Che diano o che rifiutino, godono tuttavia d'esser richieste."

Un altro concetto importante e' che al cuor non si comanda. E bisogna starci attenti. Purtroppo, bisogna sempre stare piu' a sentire la testa che il cuore. Una definizione migliore di questo connubio e' che la mente e il cuore devono essere i nostri due co-piloti, ed e' quasi impossibile avere una vita felice senza uno dei due. La storia di Niccolo' e la Betrice ricorda che, certamente, il cuore ha comandato i loro sentimenti, ma la mente gli ha fatto decidere come comportarsi rispetto a certi affetti. Triste, ma vero.

Perche' vergognarsi dei vecchi amori? Perche' rinnegarli? In fondo sono state tutte persone che uno ha molto stimato, a cui si voluto molto bene. E' da deficienti, sono bugie dire che quella persona che un tempo si e' tanto amata non conta piu' niente. Che ci si pente di esserci stati insieme. Ma come, si e' stati insieme per piu' di un anno, dire che e' stato una cosa insignificante vuol dire essere stati stupidi. Non e' vero.

Un'ultima cosa che Niccolo' aveva imparato dal quella prima storia era che si impara poco dal vincere. Ma si impara tanto dal perdere. Dopo aver perso con lei, aveva imparato a conquistarle le donne, aveva imparato a vincere. Non si e' nessuno nella vita, finche' non si ama, e finche' non si e' amati.

Capitolo 9
Sei mesi dopo il primo incontro

Cara Beatrice,
vedi, sono un uomo sfortunato e forse anche un po' fallimentare. Stavo studiando tanto seriamente storia (forse la prima volta dal 18 settembre di quest'anno) che, d'un tratto, senza motivo, mi sei venuta in mente tu. E, ti giuro, ho provato a 'svellerti' dalla mia mente, perche' Federico II era piu' importante, e invece no!

Evidentemente sei piu' importante di Federico II. Almeno per me. Forse tutto e' dipeso dal fatto che ho acceso la radio, e, come al solito, ho beccato il programma di Clelia, una pazza discjokey con una voce caldissima che mi induce sempre a fantasticare e perdermi tra i miei pensieri.

Tanto per iniziare, ti diro' che un uccellino, posatosi pochi giorni fa sul mio davanzale, probabilmente una graziosa passerotta padovana, mi ha riferito che le cose, scolasticamente, non ti vanno, come dire, perfettamente bene. Ma sono sicuro che, se anche la soffiata fosse vera, non ti perderai d'animo davanti a simili bazzecole.

Anzi, per farti piacere e tirarti su di morale, ti diro' che anche un tizio, ritenuto quasi un mostro, come me, ha avuto addirittura un 3 ½ in greco, che gli e' costato un 5 in pagella, il primo della mia vita scolastica finora perfetta. Ma, ti diro', non e' che la cosa lo abbia impressionato piu' di tanto. Anzi, si e' detto che, prima o poi, doveva pur capitare! Siamo uomini, e nello stesso concetto di uomini e' intrinseco (aggettivo molto usato da una signorina che conosciamo noi, certa Betta) il verbo sbagliare... o no?

Bene, spero che sei andata a Cortina a divertirti, in questo lasso di tempo, anche se la neve, come ha confermato il Duca (Paolo), non c'era. Qui da noi, invece, di neve ce n'e' sempre stata, ed ora, dopo le bufere di venerdi' e sabato, dovrebbero essercene metri.

Ma visto che del passato e' meglio non parlare, perche' avrei poco da dire (in realta' molto, ma per te poco interessante), parliamo di futuro: un futuro che presto mi rivedra' in giro per l'Italia (o forse per il mondo, se mi riesce un improbabilissimo viaggio in Svezia!), prima a Roma poi in Veneto (gite scolastiche) e forse una mezza giornata a Padova, e poi, per quest'estate, un campeggio dolomitico, un soggiorno padovano in casa della sorella di Tonino che studia medicina appunto li' da voi (eh, non scappare in campagna o da qualche altra parte quando vengo), e poi un corso di studi di aereonautica a Cervia. Ma lasciamo da parte anche questi progetti ancora in fase di abbozzo e torniamo al presente.

Mi sto quasi appisolando su questo foglio sempre piu' cosparso di cancellature e di (forse) errori (scusa!).

Se vuoi proprio che ti parli di me (lo so che non vuoi, ma almeno fammi illudere – sto scherzando) ti diro' che oltre a studiare (poco, a quanto dicono genitori e professori) e a praticare quanto piu' posso sports (ha proposto, ho una caviglia mezza rotta, tutta fasciata e gonfia provocatami da una tremenda partita di pallone), sto cercando di prepararmi al Cambridge (lo sai gia', ma voglio sottolineare che sta diventando un assillo continuo oltre che un ostacolo insormontabile, perche' prendo sempre 'bad' alle 'compositions').

Vorrei anche dedicarmi di piu' alla Chiesa, perche' sento sempre di piu' la mancanza, dentro di me, di ideali e di certezze. E' un momento non di crisi mia, ma piuttosto di crisi (inconscia) di valori: e cosi', gli esempi di amici impegnati in opere cristiane (come anche il Duca) mi si fanno sempre piu' vicini.

Bene, sono quasi le 10.30, io mi perdo in elucubrazioni e vorticosi giri nel vuoto cielo nero di stanotte e domani dovro' di nuovo mettere la sveglia prima per studiare storia... A proposito, qualche frase colta qua e la' che mi ha colpito: "Giovani! Dio ha bisogno di voi, come continuatori della Redenzione di Suo figlio, come evangelizzatori, come missionari, come seminatori di bonta'! A voi la scelta!", oppure: "La felicita' e' l'unica cosa che si puo' dare senza possederla." E "Questa e' la vittoria che vince il mondo: la nostra fede.", e infine, da non seguire: "Non prendere la vita tanto seriamente: comunque vada, non ne uscirai vivo/a."

Bene, ricorda di salutare Donata (mi sono ricordato il nome per puro miracolo) e Andrea, Paolo, Giovanni, Piero, Alfredo, Rodolfo, Valentino ecc (bhe', in verita', se questi ultimi non li saluti per me e' meglio!). Ecco, ora ricordo. Una volta mi dissi di inviarti una mia foto. Bhe', non credere che non te la voglia spedire, ma veramente esco talmente male che non so cosa spedirti. Ti prometto comunque che, bella o brutta, la prossima volta una mia foto te la spediro'. Non so se ti ho parlato della mia caduta di capelli. Se si', sappi che, forse, si va arrestando. Saluta molto calorosamente tutti i tuoi, in particolare tua madre e Alessandra.

Con affetto quel negro di Niccolo'

Capitolo 10
Il pensiero di rincontrarla, 32 anni dopo

Nei successivi 32 anni, Niccolo' spesso ripenso' a quei bellissimi momenti in Inghilterra. Si erano poi scritti tante lettere. Avevano messo su famiglia, come si dice, con meravigliosi coniugi. E si erano rivisti brevemente, poche volte, sempre in comitiva, in mezzo a tanta gente, con la ragazza o moglie e il marito accanto, senza alcuna possibilita' di parlarsi ancora da soli.

Fu la prediletta cugina, Betta, a far si che Niccolo' ancora una volta tento' di rivedere la Bea, ora dopo cosi' tanto tempo. Ormai scienziato affermato, era tornato in Italia per una conferenza internazionale. E, come sempre, era passato a trovare i suoi amati genitori, fratello e sorella, e tutti i parenti stretti in Italia.

Betta cosi', usando il software 'Bump', mando' un po' di foto all'iPhone di Niccolo'. Una foto del loro viaggio nel Medio Oriente, con rispettive famiglie. Una foto con i genitori e zii quando avevano 7 e 8 anni, rispettivamente. Una foto della Betta e il marito in vacanza. Alcune delle foto preferite di Betta. E poi? A sorpresa, sfiorando l'iPhone un'altra volta, apparve d'improvviso un'altra foto davanti agli occhi di Niccolo'.

Da sinistra a destra, c'erano Betta, Paolo, Raffaella, Beatrice, e Niccolo'. Una foto di 32 anni fa. La Bea sembrava proprio una ragazzina, a 14 anni, con gli occhi e la bocca ridenti, e due spille a tenerle i capelli lontano dal leggiadro viso. Niccolo' all'angolo, cosi' scuro, con tantissimi riccioli folti e neri, che la faccia si vede a mala pena nella foto un po' sfocata.

Il cuore di Niccolo', come al solito alla vista della Bea, fa un saltino, trema. Subito, allarga la foto, focalizzando sulla Bea, che ha un sorriso paradisiaco, contagioso. Anche lui sorride guardando quella foto. Quanti ricordi!

Per tre giorni, Niccolo' continuo' a pensare alla Beatrice. E, finalmente, ritrovo' il coraggio dei suoi 16 anni. E mando' un'email alla Bea, non avendo neanche il suo numero di telefono di casa, o cellulare, o neanche l'indirizzo di casa. La speranza era almeno quella di risentirla, di sapere come stesse.

Giovedi', 12:13pm
Ciao Beatrice
Sono in Italia
Qual'e' il tuo numero di cellulare?
Il mio 001-212-987-1254
Abbraccio
Niccolo'

Giovedi', 4:00pm
Ma ciaoooo!!!
come stai? siete venuti per le vacanze di Pasqua?
Farai un salto a Padova? Se si, ti degnarai di salutare anche me? Chissa?!
Mi piacerebbe sentirti, il mio cell è 346-91288643, se mi dici a che ora non ti disturbo ci sentiamo...
Beatrice

Il cuore di Niccolo' era gia' in festa. Che email meravigliosa.

Giovedi', 4:36pm
Sono in italia fino a martedi sera
In Veneto domenica-martedi
Venezia lunedi-martedi
Vieni tu, vengo io
Ora vado a correre con mio figlio
Quando posso chiamarti senza disturbare?

Giovedi', 7:56pm
Dove vai a correre? Sul lungomare di Catania?
Anche voi avete un gran caldo?
Domani sarò in campagna a Abano Terme (ti ricordi?) tutto il giorno

con mio padre,
per cui è meglio se ci sentiamo o stasera o domani sera.
Guarda che se non mi chiami tu, ti chiamo io...
Voglio sapere cosa fai di bello
ciao

Poi Niccolo' mando' un SMS
Giovedi', ore 9:12pm
Niccolo': ' *Ti chiamo domani, a che ora?'*

Giovedi', ore 9:40pm
Bea: *'Dalle 21 in poi direi che va bene'*

Giovedi', 10:36pm
Niccolo': *'Perfetto'*

E Niccolo' chiamo' puntualissimo, venerdi' sera alle 9:05, dopo averci pensato tutto il giorno. Aveva tanta tanta paura che la Bea magari non potesse parlargli in quel momento, o, ancora peggio, non volesse parlargli piu'. Cosi' come era stato tante volte in passato.

E invece era contenta di sentirlo al telefono. Lei gli disse che non era cambiata, che era la stessa ragazzina di tanti anni fa. Un bellissimo pensiero. Niccolo' lo percepi' come una riflessione profonda, vera, fatta da una persona adulta e intelligente, che la vita l'aveva capita.

Si era fatto i calcoli accuratamente, il momento migliore per vedersi sarebbe stato verso lunedi' pomeriggio a Venezia. Si offri' anche di venirla a trovare a Padova, ma lei, svelta, disse che Venezia era a soli 30-40 minuti di treno da Padova, e che forse era meglio se veniva lei, che avrebbe visto lei se si poteva organizzare.

Niccolo' non dormi' per 3 giorni, solo al pensiero di poterla rincontrare. Erano cambiate tante cose nel mondo. Ora c'era il computer. I cellulari. Ma le sensazioni che sentiva quando pensava alla Bea non erano tanto diverse da quando aveva 16 anni. Incredile, pensava, ma vero.

Penso' a tutte le domande che aveva da fare. Cosa si ricordava lei? Era accaduto lo stringersi delle mani? Lei a 17 anni si sarebbe veramente messa con lui se lui fosse venuto a Padova? Cos'erano le tre cose piu' belle di lei, e le tre piu' brutte? E tante, tante altre.

Capitolo 11
Dieci mesi dopo il primo incontro

Aspetta... sto finendo di mangiare l'ultima ciliegia... ecco. Allora, tocca sempre a me a scrivere, eh, la mia cara Beatrice! E poi invocano al femminismo...
Ma non lasciamoci prendere dal malumore e veniamo al dunque.
Indimenticata Beatrice (il cara e' sottinteso),
mi scuso innanzitutto per tutto quello che ho potuto dire ieri sera al telefono, ma come vi sarete accorte non ero molto in me, e forse ho continuato a sognare.
Se comunque la telefonata mi ha fatto davvero un gran piacere, anche per il fatto di 'saperti viva', e per il fatto che vi ricordate ancora un po' di noi, il risentirci non e' che mi ha giovato molto, perche' ha buttato nel torbido del mio profondo e convulso io altri pensieri, nostalgici e non, che davvero non ci volevano.
Ormai ho infatti 'digerito' il periodo England, e anzi, se torno a riportarlo alla mente scopro che fa parte ormai di me, e, cosa che mi fa tanto piacere, mi si e' tremendamente legato alla pelle, tant'e' vero che lo ricordo nitidamente in tutti i suoi avvenimenti, non solo quelli piu' piacevoli (che di solito si ricordano sempre), ma anche quelli particolari, determinati momenti, determinate occasioni. Ricordo tutto. Ormai forse e' proprio mito, piu' che semplice ricordo.
Ma io dovrei studiare, sorbole! Da stamattina vado cercando un momento libero per scriverti, e il pensiero mi ha quasi ossessionato. Mentalmente ti ho scritto gia' cose bellissime, e vorrei tanto trasfondere su questo squallido e troppo duro foglio bianco, impunemente e maldelstralmenete macchiato di blu, tutte le sensazioni che ho provato in questo lungo periodo in cui non ci siam visti ne' sentiti. E non e' tanto il tempo in cui ti ho pensata, quanto come ti ho pensata e quello che ho provato pensando a te.
Scrivo cose trite e ritrite, ma, scusa, stasera non mi va di parlare delle solite cose: l'Australiana, l'abbronzatura, le mie avventure qui, la scuola, gli amici e altro. Davvero mi dispiace se mi hai spedito una

lettera, comunque io qui non ho ricevuto nulla, e per questo sono cosi' furioso (non e' vero!).

L'unica cosa che mi e' rimasta impressa di te, ieri sera, e' stata la voce. Non sei cambiata. O forse si', sei cambiata,... non so... pero' nella voce c'era qualcosa di strano... tu miagoli quando parli, parli come una lady giovane e zitella dell' '800, tutta volta quasi a cantare piu' che a parlare, ad addolcire quasi le parole.

Raffaella invece e' cosi' allegra, piena di vita e sprizza simpatia dal suo parlare. Ma sono impressioni. Non so perche' abbiate telefonato. Spero per simpatia. Dicesti che 'dovevamo' rimanere 'amici', eri quasi li' a pregarmi che lo restassimo (ricordo), e invece mi e' sembrato quasi che volessi sempre tenermi lontano, quasi con la paura di rivedermi, che ti potessi far del male. Noi comunque abbiamo mille occasioni di salire su da voi, e vedrete che un giorno o l'altro ci faremo vivi. Al contrario di voi.

Ah ... come va la scuola? Anch'io quest'anno sono un po' 'caduto da cavallo', ora mi aspetta un fine anno bestiale: speriamo bene. Sai il 31 facciamo la cresima, e il 6 e il 16 andiamo a Roma a fare il Cambridge. Io sono il peggiore del corso e saro' sicuramente bocciato. Pazienza.

Vorrei continuare a scriverti all'infinito... vorrei che il tempo si fermasse ora... 21.30... sto benissimo... ti sto scrivendo e mi ti sento vicina, anche moralmente... fisicamente quasi fumo, ed emetto tutto il sole accumulato... l'abbronzatura mi fa bene e mi tiene caldo... mi sento elegante, con i miei pantaloncini e maglietta celeste... sai, il celeste mi dona!

Vedi, e' tanto tempo che non ti scrivo che ho deciso di 'bruciare' anche un altro foglio... poi domani devo andare in letteratura latina! Volontario. Per forza. So anche che qualcuno mi sta pensando, perche' mi deve dare una risposta molto importante. Chissa' cosa avra' deciso. Torniamo a noi.

Dunque... noi penso andremo in America (le ultime parole famose). Mi dispiace che anche voi non veniate, e torniate ancora in Inghilterra. So comunque che vi torneranno moltissimi dell'anno scorso, oltre a voi, penso anche alcune bolognesi e anche due ragazze romane... sara' ancora una volta uno spasso... tanti auguri... Io in tutta sincerita', e anzi, con un po' di faccia tosta, mi augurerei di rivivere negli U.S.A. alcuni dei bellissimi momenti passati a Canterbury, ma so che pretendo troppo, anche se non mi rassegno e non muore la speranza.

La mia vita ormai comunque e' troppo impegnata, troppo piena. Alcuni miei amici me ne rimproverano, dicono che li trascuro, e che per vedermi devono chiedere l'appuntamento. Quando telefonano, poi, o non ci sono o dormo. Hanno ragione. C'e' l'Inglese, c'e' la Comunita' religiosa (lo sapevi?), c'e' la mia Presidenza (!) di un club rinomato come l'Interact (il Rotary dei giovani, lo conosci?), c'e' lo sport, i vari tornei, ora anche il mare. Quando voglio fare una cosa che mi va (tipo anche corteggiare ragazze) devo ridurmi alla Ricreazione, alle feste varie, o ai giorni festivi.

Ah... cosa IMPORTANTISSIMA. Ritengo quasi un'offesa se non adempirai a quest'imperativo: LEGGI "INNAMORAMENTO E AMORE", di F. Alberoni, un sociologo. Ti assicuro, io l'ho letto poco tempo fa... e' un libro non solo bello di per se', ma anche unico perche' (vedrai) ci ritroverai te stessa e le tue avventure, i tuoi modi di fare, le tue paure e le tue gioie,... io, leggendolo, ho riletto quasi il mio diario, ritrovandomi in ogni (o quasi) aspetto dell' INNAMORAMENTO descritto da Alberoni. Ho imparato qualcosa.

Mi si sta anchilosando la mano. Scrivo cosi' velocemente che neanche rifletto bene su quello che scrivo.

Ah, sai, oggi telefona una a casa mia e fa: "Pronto, c'e' Niccolo'? Sono la sua fidanzata!" Mi passano la telefonata e questa non molla: "Pronto, Niccolo', sono Claudia." "Claudia chi?" "Non ti ricordi di me?" Rumori in sottofondo. "Non senti la nostra Carmela che piange?" Il discorso e' andato avanti per un po', un po' grottescamente, finche', saputo che avevo solo 17 anni e non avevo bambini ne' fidanzata, la misteriosa Claudia si e' arresa e ha ammesso di aver sbagliato numero.

Dunque... ho finito gli argomenti?

Forse no... vorrei ancora parlarti di qualcosa... ecco... la stramaledetta fotografia che Betta tiene in libreria... Bene in evidenza, la foto raffigura Betta, Raffaella e, al centro, (come al solito, sempre in mezzo tu!) tu, con quel tuo sorrisetto smagliante da copertina che non riesce proprio a venir male in fotografia.

E pensare che io invece non ho una fotografia in cui sia riuscito decente... Dovro' farmi una plastica, tantopiu' che mamma comincia a blaterare che sto diventando sempre piu' brutto, che sto dimagrendo troppo. Intanto perdo anche i capelli, che invece mi crescono in altre parti del corpo dove non dorebbero (spalle, et cetera).

Dunque, ciao. Se la telefonata l'ho sognata per poi avere il pretesto di scriverti scusa... Io sono in buona fede. Sono le 10 esatte. Devo chiudere. Non sai quanto me ne dispiace. Saluta anche i tuoi, che ricordo con affetto. Scusa errori e calligrafia, ma sono troppo stanco.

      A presto,
         Niccolo'

Capitolo 12
Il fremito di riverderla dopo 32 anni

Niccolo' continuo' a vivere per tre giorni ma il pensiero era sempre li': la Bea sarebbe venuta a Venezia, o gliela avrebbe data buca un'altra volta? Come i giovani d'oggi, penso' che mandare un messaggino fosse la cosa piu' appropriata, e semplice. Una bussatina, senza forzare, ma dimonstrando il proprio interesse.

SMS
Sabato, 9:06pm
Niccolo': *"Vieni? Dai!"*

Sabato, 9:55pm
Bea: *"Credo proprio di si'. Ho gia' guardato i treni. A che ora posso arrivare? Intorno alle 15 va bene?"*

Niccolo': *"Perfetto"*

Bea: *"Allora ti confermo domani. Ciao."*

Niccolo': *"Buona notte."*

Domenica, verso le 6pm
Telefonata
Squilla il telefono. Sull'iPhone di Niccolo' si vede che la telefonata e' della Beatrice. E' una telefonata inaspettata. Ma graditissima.

"Ciao Niccolo', sono la Bea." La voce inconfondibile di lei era musica per le orecchie di Niccolo', una sinfonia. "Si', ciao Bea, che bello sentirti. Tutto bene?" Niccolo' non aveva quasi il coraggio di chiederle se si fossero visti l'indomani. In fondo, non le aveva chiesto direttamente mai niente.

"Niccolo', ti devo chiedere prima una cosa, importante. Ma perche' mi hai contattato solo ora? Dopo cosi' tanti anni?" Panico. La domanda suona a Niccolo' come complemente imprevista. In effetti, non e' una domanda stupida. Perche' proprio ora? Non ha per niente una risposta pronta. "Bella domanda," pensa per un secondo fra di se', nel completo inbecillimento.

"Ma, Bea, non lo so, forse e' solo una questione di 'timing,'" americanizza Niccolo', senza saper veramente che rispondere. "Venezia e' vicina a Padova, e io ho un po' di tempo libero, e..." In effetti, piu' ci pensava, piu' Niccolo' faticava a trovare una risposta giusta. Lui era sempre felicemente sposato, aveva gia' avuto altri congressi vicino o anche a Padova...

"Perche' proprio ora?" se lo chiedeva adesso anche lui. Fece di tutto per farsi sentire rassicurante, di farle capire che non c'era niente di maligno nei suoi propositi. La voce di Bea, per un attimo, lo aveva fatto sentire in colpa. Come se lei lo avesse colto nel momento appena prima di aver fatto un qualcosa di peccaminoso, ingiusto.

Niccolo' senti' che non aveva risposto un gran bene alla domanda penetrante della Bea. E sentiva che lei non ne era rimasta un gran che soddisfatta. La telefonata duro' un paio di minuti, forse neanche. Niccolo' aveva solo agognato di sapere su che treno e a che ora sarebbe arrivata. Ora la partita si era completamente invertita.

"E ora?", penso' Niccolo'. "E pensare... Non sono tornato a rivedere alcuni parenti e amici per stare un po' con lei... Avrei lasciato mio fratello per vederla prima, malgrado lo veda cosi' poco..." Non sapeva proprio che pensare. Lui era un bravo ragazzo. Cosa immaginava mai la Bea che lui avesse in mente? Voleva solo rivederla, parlare a quattroccchi, in pubblico, ma che c'era di male?

SMS
Domenica, 7:16pm
Bea: *"Arrivo alle 14:35. Riesci a venire a prendermi? Altrimenti ci vediamo da qualche parte."*

Niccolo': *"Ale'!!!!! Ti vengo a prendere, non posso rinunciare a un simile onore e piacere."*

Niccolo' provo' una felicita' che gli fece venire i brividi. La Bea aveva finalmente deciso, ora c'era anche un arrivo preciso, quindi doveva aver almeno guardato i treni. "Speriamo abbia prenotato," penso' Niccolo'. Poco dopo, arrivo' un'altra conferma:

Domenica, 7:37pm
Bea: *"Ok, allora a domani"*

Poche parole, ma decisive. Chissa' quali erano state le riflessioni fatte dalla Beatrice. Quali quelle negative iniziali, e quali quelle positive dopo, tanto positive da spingerla a decidere di vedersi. Niccolo' capiva che la Bea era come in balia di tante, a volte opposte, voci dentro la sua testa. Come una parte di lei che le dicesse: "No, non fidarti. Queste poi sono cose che non si fanno. Non sei piu' una ragazzina." E un'altra voce che le dicesse: "Ma dai, rilassati, che c'e' di male, rivedi una persona cara, sara' bellissimo."

Sembrava avesse vinto la seconda voce, quella romantica. Ma Niccolo' sapeva che, fino a quando non l'avesse vista con i suoi occhi, non ci avrebbe creduto. Anzi... forse non ci avrebbe creduto neanche se fosse accaduto davvero, sarebbe stato solo un sogno ad occhi aperti.

Anche quella sera, fatico' parecchio a prendere sonno. Pensava ad essere puntuale alla stazione. "A che ora devo partire? Una volta arrivato a Venezia, a che ora devo lasciare l'hotel? Quanto ci mettero' a piedi? Devo assolutamente arrivare prima di lei."

I pensieri di Niccolo' si accavallano, andavano troppo veloci. Cosa si sarebbe messo? "La camicia celeste, nuova, che mi hanno detto mi sta cosi' bene? O quella bianca a righe blu, con meno chances di sudare?" Cosa le avrebbe portato di regalo? Niente? Solo lui stesso? Troppo poco, soprattutto dopo cosi' tanto tempo?

Capitolo 13
Diciotto mesi dopo il primo incontro

Dimanche, h 21.30
Cara Beatrice,
dunque, finalmente ci rivedremo.

Da poco ti ho telefonato, e, malgrado tu mi abbia gia' dato del 'mostro', spero davvero che verrai.

Ma secondo te uno che compie 18 anni e' per forza un mostro? A parte gli scherzi, come va? Ero in pena per te e il tuo Tito Livio cosi' sofferto. Nessuno come me, un 'classicomane' per eccellenza (da noi il termine indica chi frequenta il liceo e gli si legge in faccia) ti puo' capire. Comunque spero bene.

Per quanto mi riguarda, dopo qualche tonfo pauroso l'anno scorso, quest'anno sono rinsavito, spero definitivamente, anche se a scuola non e' che ci siamo andati molto. Abbiamo sicuramente fatto almeno 30 giorni di scioperi fra ottobre e novembre, per l'orario e per il riscaldamento, e, se ci aggiungi le varie assemblee e le vacanze (senso etimologico: da 'vaco', mancare. Ma e' inutile che te lo dico, vero?) dei professori, bhe'... non si e' fatto molto. Io ancora non sono stato sentito mai in italiano!

Per il resto io e Betta continuiamo il nostro inglese, abbiamo poi iniziato a prendere lezioni di francese (gran risate), e poi abbiamo l'Interact. Non so se conosci il Rotary. Si'? Bhe', l'Interact e' un club di giovani come il Rotary e' un club di adulti. Io e Betta siamo soci fondatori del nostro, lei ne e' prefetto io presidente, e ci divertiamo abbastanza, perche' siamo tutti ragazzi abbastanza svegli e intraprendenti.

Per il resto la solita vita, tra feste, cene con amici, concerti e teatro, ritrovi in piazza, mercoledi' e domenica in parrocchia, il tempo che rimane magari in piazza, in giro, o al palazzetto dello sport, al mare a giocare o a fare footing, insomma, mille cose. Quest'anno pero' niente neve. Primo perche' purtroppo non ce n'e' ne' ce n'e' stata.

L'altr'anno l'avevamo noi, quest'anno l'avete tutta voi. Anche ieri sarei dovuto partire con alcuni amici ma.... c'erano i sassi.

Di venire su non se ne parla, perche' i soldi, tra festa, estate a Parigi e forse in America, macchina in arrivo forse tra un po', non bastano. Oggi pero' sono tornati dei miei amici da San Sicario. E l'altra settimana altri dal Courmayer. Che invidia. Comunque sono sempre piu' nero io.

Ma parliamo del 13. I miei 18 anni dovranno essere indimenticabili. Gia' vedo il vostro trionfale arrivo e le luci della festa. Spero bene. Qui tutti di nome vi conoscono. Alcuni poi hanno visto la foto di te Betta e Raffaella che Betta sfoggia con la margherita o quella che ha nella libreria fatta alla Basilica di Sant'Antonio (che memoria). E poi tutti i miei amici sono galvanizzati dal racconto che io gli faccio di te e di Raffa, e gia' molti mi hanno costretto a essere presentati per primi, a essere descritti bene, eccetera eccetera. Davvero spero che ci divertiremo.

Ma facciamo un programmma. Io vi voglio qui prima delle cinque, quindi... bhe', fate voi comunque potreste anche rinunciare alla scuola e arrivare per pranzo. Avreste anche la possibilita' di farvi un giro in citta' prima della festa. Poi tutti all'Hotel Baia Verde, dove si terra' la festa. Il locale e' discreto, comunque un ottimo albergo, un ottimo servizio, vista sul mare, e niente preoccupazioni per le madri, credo.

Gli invitati saranno circa 100, e i sani e le sane saranno molti credo. Spero ci saranno tutti coloro che hanno significato qualcosa nella mia vita. Il divertimento e' assicurato, anche se ho tanti dubbi per gli invitati (la mia lista attuale e' troppo lunga e poco omogenea). Verra' gente infatti anche da Siracusa e Messina, oltre che da Padova.

Voi passerete la notte qui a casa, col massimo confort, spero. Io Paolo e Don saremo relegati in un appartamentino a cento metri da casa. Poi avremo la domenica tutta per noi. Non e' bellissimo?

Spero di non rovinare il San Valentino di te, o Raffa, o Paolo, o Don. Partirete quando vorrete. Se vorrete rimanere il posto c'e'. Sono sicuro che verrai.

Looking forward to seeing you
A prestissimo
Niccolo'

Capitolo 14
I preparativi prima di rivederla

Niccolo' si sveglio' presto, alle 7, preso ancora dalla frenesia di essere pronto quando lei fosse scesa dal treno, 32 anni dopo il loro primo incontro. Si sarebbe vestito subito come per le 14:35? Rischiava di rovinarsi camicia, pantaloni, di impolverare le scarpe. Ma decise che doveva essere se stesso, non voleva che la Bea conoscesse ora una persona diversa da quello che lui era ogni giorno.

Arrivato a Venezia, Niccolo' si rese conto pero' che la camicia celeste aveva un enorme alone di sudore sotto le sue ascelle. "Va bene essere me stesso," penso' Niccolo', "ma la camicia me la devo cambiare per forza." Ne scelse una a righe, non nuova, di cotone fine, bianca a righe blu, blu come i pantaloni, sapendo di poter contare su due fattori: non ci sudava tanto, e il sudore si notava poco sul bianco. Il resto andava bene.

Fuori era primavera. Una giornata splendida, piena di sole. Non si sarebbe messo nessun maglione, voleva sentirsi libero. Decise anche di non portare con se l'unico regalo a cui aveva pensato, un libro recentemente scritto da lui. Non voleva avere niente in mano, mentre avrebbero passeggiato per i calli veneziani.

Camminando tra un isolotto e un altro, Niccolo' sentiva a volte il sole caldo scaldarlo, a volte una folatina di brezza adriatica che gli dava un brivido. Avrebbe sentito troppo caldo? Troppo freddo? Il suo sistema nervoso era cosi' su di giri, che probabilmente sarebbe stato completamente ignaro dell'ambiente esterno, incluso sole, vento, o temperatura, una volta insieme a lei.

Per due notti aveva considerato un'idea che lo solleticava, ma su cui non riusciva a decidersi. Un incontro alla stazione. Dopo cosi' tanti anni. "Perche' mai non comprare dei fiori?", pensava. "Non c'e' donna che non ami i fiori. Non ne mai conosciuta una." Camminando, ora che era a solo un quaranta minuti prima del loro incontro, questa voglia matta di comprarle dei fiori si faceva piu' forte.

E sapeva benissimo cosa avrebbe voluto comprarle. Una rosa. Una, sola, bellissima rosa. Una rosa rossa. "No, forse meglio bianca, o gialla, o rosa?" Ma, pur passando in rassegna tutti i colori possibili di rosa avesse mai visto, solo il rosso sentiva fosse appropriato. E lei, come l'avrebbe presa? Si sarebbe messa a ridere?

I suoi pensieri diventavano a volte piu' confusi, a volte piu' chiari. "Ma poi, come fara', dove la mettera'? Mica puo' tenerla, e' sposata!" Ed anche lui... "Come faccio ad aspettarla con una rosa in mano? Se mi vede qualcuno? E se mi vede lei, e la rosa la fa scappare? Non e' meglio che magari la rosa la compro dopo, se le cose vanno bene?"

Si avvicina sempre piu' alla stazione di Santa Lucia. La prima cosa era arrivare in tempo, ed essere li', sul binario giusto. Niccolo' arrivo' con ampio anticipo, come piaceva a lui, che non era mai in ritardo, neanche al cinema. Qual'era il treno da Padova a Venezia che arrivava alle 14:35?

Le stazioni dei treni sono posti fantastici, di per se misteriosi, e romantici. A Venezia Santa Lucia c'erano sempre centinaia e centinaia di sconosciuti che sciamavano di qua e di la'. Chi appena arrivato, chi in partenza, chi a comprare un panino, chi a salutare il parente, chi a cercare di importunare qualche ragazza. Chi, anche, a cercare di rubare qualche portafoglio, chi li' a lavorare, e chi solo li' a godersi la scena.

Alle 14:35 c'era un solo treno che arrivava, da Milano, doveva essere quello il treno giusto. Non c'era ancora scritto il binario, visto che mancavano almeno 25 minuti al suo arrivo. Se fosse arrivato in tempo. Niccolo' non capiva neanche se era un treno di quelli nuovi, moderni, magari di solito anche in orario, od un locale, di quelli lentissimi.

Comunque fosse, lui era arrivato in tempo, e ne era felicissimo. E ora? Aveva la gola un po' secca. Sicuramente colpa del suo sistema nervoso simpatico, che era sovraeccitato, surriscaldato. Comprarsi una bottiglietta d'acqua e bere? Rischiava di sudare. E poi avrebbe avuto la bottiglietta in mano tutto il pomeriggio. Meglio di no.

Niccolo' prese un'altra decisione, ben piu' difficile. Si guardo' in giro, e, non trovando quello che cercava, chiese, com'e' suo solito per non perder tempo e per trovar subito quello che cerca: "C'e' un fioraio qui in stazione?" Il carabiniere, gentilissimo, risponde che si', ce n'e' uno appena fuori la stazione, dietro l'angolo.

"Il treno non arriva che tra 20 minuti", pensa Niccolo', "ho tempo." Non pensava se era giusto o sbagliato. Non pensava piu' cosa ne sarebbe stato della rosa che voleva comprare. Voleva comprarla e basta. Sperava che lei avesse almeno ricambiato con un sorriso, e magari un soave 'grazie', nel vederla.

Era lui pero' che ora sorrideva ancora di piu'. A passi svelti, trovo' presto il fioraio. Un uomo sulla sessantina gentile, garbato, come la maggiorparte dei veneti. Stava pulendo il lungo corridoio del negozio, ancora bagnato. "Buon giorno," disse Niccolo' (anche se era gia' pomeriggio). "Vorrei una rosa rossa," disse Niccolo', quasi vergognandosi un po'.

"Non si preoccupi, stia li', gliela la scelgo io, la piu' bella," e gliela mostra. "Bellissima, ma un po' troppo grande, quasi cicciona. Non ce ne sarebbe una piu' piccola?" "No, mi dispiace, ma guardi che questa e' bellissima."

Niccolo' penso' due cose, contemporaneamente. Bhe', anche lui era un po' robusto, non ciccione ma possente come quella rosona. E forse la grandezza della rosa era piu' adatta alla grandezza dei suoi sentimenti.

"Guardi, le faccio lo sconto..." E Niccolo', ammettendo la verita': "E' per una ragazza stupenda, sono 32 anni che ne sono innamorato, ora la vado a prendere in stazione..." E continuo': "Magari tagli un po' il gambo, che e' lunghissimo, visto che dovremo portarcela a passeggio per la citta'?"

"Guardi, il bello delle rose e' il gambo lungo. Gliene taglio un po', ma le consiglio di lasciarlo lungo, vedra', fara' bella figura, mi sembra sia un momento importante per lei..." Che bravo fioraio, aveva capito tutto, ci sapeva fare. Diede anche lo scontrino.

I momenti piu' belli della vita, quelli piu' emozionanti, forse sono quelli quando si aspetta. I preliminari. Come quando si viaggia: pensate all'eccitazione dell'aspettativa, la programmazione, l'immaginarsi i posti nuovi, la spensieratezza, l'immedesimarsi sulla serenita' del tempo libero di fare qualsiasi cosa una abbia voglia di fare. Poi magari si viaggia, e ci sono le code, le fregature, le litigate. Meglio prima, il 'pensare' a viaggiare.

Essere li', alla stazione di Venezia, in un posto cosi' romantico, perche' lui si sentiva romantico, con una rosa in mano, ad aspettare la ragazza di cui si era infatuato quando era un adolescente. Era proprio felice Niccolo'. "E se non fosse venuta?" penso'. "Ne e' capacissima. Magari le sono venuti gli stessi dubbi che aveva l'altro giorno, e me la da' buca." Le mando' un messaggino.

Lunedi': 2:21pm
Niccolo': *"Sei sul treno 9427?*
Bea: *"Si"*

Ora doveva a stare attento a che non iniziasse a sudare troppo. A che non gli scappasse la pipi'. La bocca secca gli avrebbe causato del bianco sulle labbra? A lui non era mai accaduto prima, ma non si sa mai... I pantaloni erano sporchi? Se li controllo'. Le scarpe, impolverate? Se le strucio' sul dietro dei pantaloni.

E la rosa? Come l'avrebbe portata? A mano, con i petali all'insu', o con i petali all'ingiu', com'e' piu' garbato fare? Decise su una terza alternativa. L'avrebbe messa inserita per il gambo nella cinta dietro la schiena, cosi' che si reggesse da sola. Ridicolo? Puo' darsi. Ma cosi' avrebbe evitato di essere troppo sfrontato.

Finalmente la lavagna luminosa annuncia che il treno 9427 e' in arrivo sul binario 11. Niccolo' preparo' bene la rosa, e cammino', attentamente cosi' da non far cadere la rosa. La dovette tenere un po' con una mano dietro la schiena. Si accorgeva che il gambo era talmente lungo che i petali rossi si vedevano sopra la sua spalla destra. Si mise a ridere, tra se' e se'.

Dove l'avrebbe aspettata? Da quale vagone sarebbe scesa? Seconda o prima classe? Come fare in modo che lei l'avrebbe notato subito? Si mise dove il secondo vagone del treno pensava si sarebbe fermato, in modo da essere sicuro di non perderla. Si guardo' intorno, e chiaramente tanti lo guardavano, forse non solo per il fiore che lo seguiva in modo strano, ma anche perche' gli si leggeva in faccia l'emozione.

"Ecco, li', lontano, le luci bianche del treno, sta arrivando. Mamma mia. Frena piano piano, senza stridere. La prima carrozza e' la locomotiva, se sul treno c'e', non posso perderla." Tutto d'un tratto scendono dal treno centinaia di persone. Come l'acqua che esce dai buchi dello scolapasta, veloce, in tutte le direzioni. Dov'e? Dov'e'?

"Niccolo'!", dice una voce che e' fievole tra il baccano, ma e' una voce serena e felice. Niccolo' la sente, e nello stesso istante vede una mano alzata, di una ragazza che sta scendendo le scale del treno, dal terzo vagone. Fa qualche passo verso di lei, che gia' cammina spedita verso di lui. "E' lei!!!!!!!!" Il cuore fa i salti.

Capitolo 15
Diciannove mesi dopo il primo incontro

Domenica h.18.01
Cara Beatrice,
allego qualche rigo all'invito 'ufficiale' di venirci a visitare che ti ha
scritto sul davanti di questo foglio mia cugina Betta. Sono appena
tornato dalla spiaggia – il tempo di mettermi in pigiama. Forse non ci
crederai, ma e' vero. Malgrado Raffa mi scriva che voi il 27 avete
avuto quasi la neve (Raffaella mi scrive, sai? Tu mai, invece. Ma
continuo a sperare), qui invece da un po' di tempo il tempo e'
meraviglioso: oggi poi, Catania e' davvero un paradiso. Una
temperatura mite (al sole delle due si stava bene in maniche corte, o
quasi), un sole stupendo, neanche un po' di vento, mare calmo di
un'azzurro intenso che spinge l'occhio a perdercisi dentro, un cielo
poi... non ci sono parole per il cielo di oggi: brillava.
Spero davvero che il 13 sia una giornata non dico uguale, ma
almeno simile, perche' tutto appare diverso ed anche io cambio, come
penso cambino tutti. Oggi sono a mille, felice e in pace con tutti. E'
dalle tre che sono fuori. Ho corso, giocato a pallavolo con un
gruppetto di amici, goduto di un tramonto che Padova, credo, vede
solo nelle vetrine delle agenzie di viaggi. Anche il mare era tutto rosa,
a volte mescolato al blu, un blu sempre piu' scuro.
A parte comunque la poesia di questo pomeriggio, anche le altre
cose vanno discretamente. E' finito il primo quadrimestre (e' arrivata
intanto la merenda evviva! Vuoi un biscotto?... dai, non fare
complimenti...) e spero anche un periodo di scuola che mi ha visto
protagonista di moltissime nottate (record stagionale: h 2.30) e tante
alzatacce (al massimo 5.30). Comunque tutto bene. Dovrei avere dei
discreti risultati. Spero altrettanto per te. (Ci sono anche le paste e il
pandoro ... dai, prendine un po'...) Ho mangiato troppo, ma fa niente.
Allora, ti aspetto il 13, o, come spero, prima. Mi raccomando vi
voglio tutti in forma perfetta.
A presto

Niccolo' in collaborazione con l'ex-sano di Catania
*PS: Era l'ultimo foglio di questa carta da lettere. Non ti perseguitero'
piu' con questi fogliacci.*

Capitolo 16
Passeggiando per Venezia

Passeggiando per Venezia, 32 anni dopo, per la prima volta Niccolo' e la Beatrice si rivedevano. C'era voluto tutto quel tempo per avere avuto il coraggio di essere di nuovo vicini. Sembrava un mezzo miracolo. Un momento sognato cosi' tante volte che era difficile credere fosse realta'.

Ed era quella la paura piu' forte per Niccolo'. Che la realta' potesse rovinare i tanti sogni che avevano caratterizzato la loro relazione. Glielo disse subito: "Senti Bea, ti devo dire tante ma tante cose. Ho mille domande. Me le volevo quasi scrivere, ma poi me ne sono vergognato. Ma c'e' una cosa che devo dirti subito subito. Io ho dei ricordi splendidi di noi due, del nostro passato. Oggi, non roviniamoli. Non rovinarmeli, li serbo come un tesoro."

Lei era quasi sorpresa, il Niccolo' fiume-in-piena che aveva conosciuto era ancora tale e quale? "Aspetta Niccolo'. Non ti preoccupare. Ora piu' tardi ci sediamo da qualche parte, e parliamo con calma..." Ma lui sapeva che il tempo era prezioso. Quando mai avrebbe avuto un'occasione del genere in futuro? Non c'era tempo da perdere.

Le disse subito, camminando fuori la stazione, che voleva sapere cosa lei ricordava della loro relazione; voleva capire se i suoi ricordi erano giusti o no; e cosa lei, la sua amata Beatrice, veramente aveva provato 32 anni prima. Cosa ne pensava veramente di lui. In fondo, non se lo erano mai detti.

Niccolo' era talmente entusiasta che ammise che avrebbe volute registrare le loro conversazioni di quel giorno, per poterle poi riascoltare e rivivere, per poterle scrivere accuratamente, per avere una prova che tutto cio' stava accadendo.

A ripensarci, Niccolo' aveva come presentato la sua lezione, gli obbiettivi che si prospettava di raggiungere. Come un buon professore, inconsciamente pero' questa volta, aveva suscitato l'attenzione della sua audience, oggi piu' importante che mai.

Avrebbe voluto che la Bea quel giorno le sue parole non se le scordasse mai, ancor piu' di quello che sperava dai suoi studenti.

Ma cercava, con sforzo, di contenersi. "C'e' qualcosa di particolare che vuoi fare a Venezia? Dove vuoi andare? Vuoi vedere qualcosa di preciso?", le chiese. La Bea sembrava piu' rilassata, meno coinvolta nel temporale di emozionanti scariche nervose da cui era sommerso Niccolo', che riusciva a mala pena a tenersi a galla tra quelle ondone di adrenalina che lo sconbussolavano.

"C'e' un negozio di borse carino qui a Venezia, vorrei vedere se ce n'e' una per mia figlia Nicoletta. Dovrebbe essere non lontano da qui, vicino alla Ca' d'oro." Lui si aspettava, come lei gli aveva accennato per telefono, che forse sarebbero andati a visitare il Palazzo Ducale, la Giudecca, o il Canal Grande.

Ma Niccolo' era contento cosi'. La giornata era perfetta, circa venti gradi, un sole primaverile, condizioni ottimali. Non che lui notasse nient'altro che lei. Comunque era un amante degli ambienti all'aperto, e preferiva restar fuori che rinchiudersi in un museo tutto il pomeriggio. Voleva che la luce naturale la illuminasse.

Con l'aiuto della mappa di Niccolo', trovarono il negozietto in uno stretto calle, non lontano dalla stazione. Niccolo' era curioso di conoscere la Bea un po' di piu', e il vederla impegnata a far felice la figlia, conoscerne i gusti e le abitudini, lo incuriosiva. Era come aggiungere piccoli nuovi inserti ad un mosaico rimasto per anni incompiuto.

Intanto, la tartassava di domande. Quello che piu' di ogni altra cosa voleva scambiarsi con lei erano i ricordi comuni di piu' di tret'anni prima. Lui aveva dei ricordi forti, ma il tempo forse li aveva cambiati? Come? In meglio? In peggio? La verita', si dice, e' rotonda. Niccolo' aveva il suo punto di vista di quella sfera, qual'era la visione della sfera verita' della Bea?

A Niccolo' sembro' che anche la Bea ricordava quegli episodi in Inghilterra gradevolmente. Era l'unica al mondo a sapere quello che tra loro era veramente successo. Niccolo' si fidava piu' della memoria della Bea, che della sua. Sapeva di non avere una memoria ferrata per gli episodi della vita del passato.

Ma ora la Bea era intenta a guardare borse per la sua figlia piu' piccola. Descrivendone il carattere, a Niccolo' sembro' che la Nicoletta fosse un po' la favorita della madre, anche se la prima figlia Francesca e il secondo figlio Enrico erano persone che stimava molto, a cui pero' forse non riusciva a parlare come faceva con Nicoletta.

Probabilmente se la sentiva piu' simile a lei. Parlarono dei reciproci figli, i loro tanti successi, le soddisfazioni enormi dell'essere genitore. Ognuno dei loro figli venne descritto all'altro un po' come un campione.

Niccolo' non si aspettava di trovare nella Bea una persona dai sentimenti cosi' sinceri. Con un carattere cosi' aperto, cosi' loquace, sentirla cosi' spontanea e serena. La seguiva con lo sguardo, abbagliato da lei piu' che dai colori sgargianti delle borse moderne.

Le disse: "Non abbiamo mai passato cosi' tanto tempo insieme nella nostra vita." Era vero. Erano sempre stati in mezzo ad altri amici. Sia in Inghilterra, sia a Padova, la citta' di lei, sia in Sicilia, quando venne una volta a trovarlo, insieme all'inseparabile Raffaella e sempre con la Betta intorno.

Usciti dal negozio, continuarono per un po' a girovagare per i meravigliosi calli di Venezia, un po' a zonzo. Ma con l'intenzione di dirigersi eventualmente verso il centro, piazza San Marco. Niccolo' continuava a esternare a voce alta ricordi meravigliosi che aveva tenuto dentro di se per decenni. Stimolo' la Bea, chissa' se inizialmente intenzionata a fare altrettanto, ad aprire il cofanetto delle memorie.

"Ti ricordi i lenti?", disse la Bea a Niccolo'. "Sono stati quei lenti che abbiamo ballato insieme a farmi innamorare di te," ammise la Bea. Solo questa frase era valsa questo incontro. Niccolo' si senti' sprizzare della gioia che si prova a sentire un antico segreto che porta buona notizie.

"Ti piace ballare?", gli chiese. "Si, tantissimo," rispose Niccolo'. Ammissero l'un all'altro che ballare era un qualcosa che mancava un po' nelle loro rispettive, adulte relazioni matrimoniali. O forse quando si e' adulti, con figli, impegni e tanti altri diversivi, e' solo difficile trovare il tempo per ballare. Guardandosi, pensarono tutti e due, indipendentemente, ai balli che che si erano persi non rimanendo insieme.

E soprattutto al fatto che, forse, insieme, avrebbero potuto trovare spesso il modo di stringersi e muoversi al ritmo di musica. La Beatrice ammise che lei adorava i lenti, non i balli moderni. Anche questa era per Niccolo' una notizia inaspettata. Si aspettava una ragazza sbarazzina, ricordandosi della Bea 14enne, ma la Bea in effetti era un romanticona amante dei balli letti, quelli in cui ci si tiene abbracciati stretti stretti.

Tutti questi nuovi particolari si aggiungevano alla meravigliosa impressione di Bea che Niccolo' aveva serbato per tutti quegli anni. Erano tutte belle sorprese, e ne abbellivano il ritratto che di lei aveva nella sua mente e nel suo cuore.

Capitolo 17
30 mesi dopo il primo incontro

Giovedi'
Ciao Beatrice.
Ben ritrovata. La tua lettera, come hai ben immaginato, mi e' giunta piacevolmente inaspettata. Tanto che mi ci e' voluto un po' di tempo, un mese e mezzo, per digerirla e trovare, stasera, l'attimo giusto per darti mie notizie. Come io so davvero poco su di te, soprattutto per quel che sono gli ultimi tempi, cosi' devo immaginare di te nei miei confronti.

Io sono, per cosi' dire, al gran finale, oramai per me il periodo scuola sta per finire e nuovi impegni mi aspettano. L'universita' non e' ancora decisa. Vorrei tanto prendere Medicina, ma potrebbe anche darsi che prenda qualche altra facolta' scientifica o, al limite, Scienze Politiche. Per la citta' probabile Roma, o forse anche Padova. Chissa' che le nostre vite non si rincontrino. Per ora penso all'esame di stato, che sara' duro: penso di portare Greco e Fisica, o al massimo Greco e Italiano. Se esce Storia, ma e' improbabile, portero' Storia e Greco.

Ma la scuola non e' che una parte della mia giornata e della mia vita. Dei divertimenti non mi posso lamentare: sarei dovuto venire a Cortina a Natale con Betta e i miei ma un malinteso ce lo ha impedito: peccato. Siamo stati pero' qui in Sicilia, dove c'e' tuttora molta neve ma anche sole (sono tutto abbronzato). Negli ultimi due giorni, il freddo mi ha procurato un terribile raffreddore – tosse con sintomi di sinusite.

A proposito di abbronzatura una delle poche cose che ricordo di te e' che ogni volta che mi vedi dici che non sono cambiato: bhe', oltre all'abbronzatura aggiungi al tuo Niccolo'-ideale anche capelli abbastanza lunghi e barba e baffi alla Marco Polo: ma dicono che anche cosi' sto bene.

Cosa aggiungere ... ho iniziato a giocare a football-americano in una squadra che si sta formando qui a Catania: gioco 'wide-receiver' e mi diverto, anche se prendo parecchie botte. Mi solletica pero' l'idea di andare a giocare in Promozione, dove mi hanno offerto un posto da ala: se vedi Gianni diglielo, visto che lui ha sempre detto che ero bravo col pallone. Continuo il corso d'inglese e mi preparo al Proficiency, che Raffa ha gia' dato.

Ho passato un'estate stupenda, anche zeppa di padovani: a Parigi sono stato tutto luglio e davvero ho passato dei bei momenti, magari ti raccontero'. Per quel che riguarda la vita sentimentale, sto, come dicono i miei amici, facendo ormai la 'muffa' con la solita stranota ragazza di cui avrai sentito parlare: il mio prof di Ita e Lat direbbe: "Sono cose che succedono."

Avrei molto da dirti, ma la lettera non e' il mio miglior mezzo di comunicazione, specialmente con le ragazze (con Paolo il Duca ormai ci scriviamo piu' di una volta al mese da tre anni). Spero cosi' di rivederti. Betta avrebbe anche voluto invitarti ai suoi diciotto anni, ma non ci siamo saputi organizzare per i posti letto. A proposito, auguri per i tuoi, credo, 17 anni. Ti auguro belli come e piu' dei miei. E' un'eta' bellissima. Spero anche x i miei 19. Oddio.

   Ciao,
     Niccolo'

Capitolo 18
Piazza San Marco

Dopo piu' di mezz'ora di camminata nel pomeriggio soleggiato, si ritrovarono in un posto che tutti conoscono, piazza San Marco a Venezia. Camminando vicino uno dei bar sulla piazza, Niccolo' disse: "Che dici, ci sediamo qui per un po' a prendere qualcosa?" Sapeva cosa avrebbe risposto la Bea.

"E se ci vede qualcuno?" Erano accanto a migliaia di turisti, chi in fila per la torre, chi per la chiesa, altri invece girovagavano con occhi e obbiettivi di macchine fotografiche spalancati. "Dove metto la rosa?" Bea titubo' un'altra manciata di secondi, con Niccolo' pronto a farla sentire a suo agio dovunque lei volesse.

"Noi dai, e' cosi' un bel posto," si convinse la Bea. Mise la rosa su una sedia, e si sedette cosi' da guardare verso la piazza, con i tanti turisti che passavano di continuo.

Niccolo' studio la luce del sole, e la toponomastica del luogo. Poi si sedette in modo che vedesse di fronte a lui praticamente solo la Bea, baciata dal sole ora un po' piu' basso nel medio pomeriggio, con dietro un edificio non famoso, una porta quasi normale per quella citta' cosi' piena di storia e di bellezze. Niccolo' non voleva essere distratto ne' dai passanti, ne' dall'architettura circonstante. La Bea noto' questa attenzione, cosi' come le mille altre che Niccolo' le regalo' in quei momenti fatati.

"Perche' non sei rimasta con me dopo che ci eravamo messi insieme in Inghilterra?" Niccolo' voleva sapere la versione ufficiale di lei, la sua Bea sfuggitagli dalle mani tanti anni prima. La Bea rispose soavemente, quasi a scusarsi, con dolcezza. "Sai, c'era anche la Raffaella che era innamorata di te. Non me la sentivo di farla soffrire."

Ecco, un altro particolare che a Niccolo' era sfuggito. Un particolare importantissimo. Penso' che se la Bea fosse stata veramente cotta di lui, forse se ne sarebbe fregata. Oppure no, in fondo dopo l'Inghilterra a lui non l'avrebbe visto piu' di tanto, mentre con la Raffaella sarebbero tornate nella stessa citta' e si sarebbero frequentate.

Comunque Niccolo' non si era accorto dei sentimenti di Raffaella di allora. La trama si faceva piu' fitta. Se sentirti desiderato fa in fondo sempre piacere, Niccolo' d'altro canto avrebbe potuto pensare che se non fosse piaciuto anche all'amica forse, chissa', la Bea sarebbe restata la sua ragazza...

Nel raccontare, si capiva che ognuno dei due ricordava molti particolari in comune, ma anche piccole, o piu' grandi, differenze. Niccolo' ebbe l'impressione che la Bea era ben consapevole che Niccolo' in Inghilterra, e anche dopo nelle struggenti lettere, era innamorato. Forse lei aveva voluto rimuovere il ricordo della passeggiata mano nella mano, quasi sentendosi in colpa di aver fatto soffrire almeno tre persone, il suo innamorato, la sua amica, e anche se stessa.

Mentre lei raccontava, Niccolo' la guardava, tempestandola con gli occhi. Gli piaceva anche come si muoveva. Il viso non era cambiato in 32 anni, era ancora stupendo. Era stato bravissimo, pensava, la poteva guardare proprio bene ora, standole di fronte, con il sole che, beato lui, la baciava.

La Bea, astuta come un po' tutte le donne, se ne accorse. "Dai, non mi guardare cosi'. Sono cosi' brutta!" Avete mai sentito una ragazza brutta dire una cosa del genere? Neanche Niccolo'.

"Che begli occhi," disse Niccolo'. "Sono sempre stupendi, unici." Lei arrossi' un poco, come fosse ancora 14enne. "Starei sempre a guardarli." Niccolo' ne era particolarmente felice questa volta di quegli occhi anche per un altro, inconscio, motivo. Gli occhi della Bea sorridevano, erano contenti. E gli occhi contenti sono particolarmente belli.

Durante tutto il pomeriggio, la Bea fu un po' accecata dal sole, pian piano piu' basso sull'orizzonte, e quindi sempre piu' diretto verso le sue retine. Ma Niccolo' le proibi' di mettersi gli occhiali da sole, con una fermezza che la Bea non gli aveva mai notato. Doveva goderseli ogni possibile istante.

"C'e' un altro momento che mi ricordo benissimo, piu' come sensazione che come dettaglio di episodi," disse Niccolo'. Eravamo ad Acitrezza, nel mio duetto Alfa Romeo decappotabile rosso. Ricordo che, non so come, noi due ci trovammo soli per un minuto o due, la Betta e la Raffaella erano scese dalla macchina un attimo, chissa' perche', forse a comprare gomme da masticare."

"Mi e' rimasta la sensazione come se fosse stato un momento in cui ancora una volta avessi potuto dirti il mio amore, o forse anche baciarti, se ne avessi avuto il coraggio," ricordava ad occhi aperti Niccolo'. "Ma non lo ebbi." Gli era rimasto solo questo grande peso sulla mente, pieno di "Se avessi..."

Anche la Bea si ricordava bene del duetto, e di Acitrezza. Mentre parlava, Niccolo' continuava a distrarsi nel suo viso. E a farle mille complimenti. La descriveva come un dipinto a colori forti, mentre lui era tutto sullo scuro. Bea cercava, inutilmente, di difendersi, dicendo che aveva le rughe oramai, e i capelli bianchi.

"Mi piacerai anche rugosissima e coi capelli bianchi tra altri 32 anni", disse Niccolo', sinceramente, immaginandosi entrambi ad ottant'anni. "Sarai sempre bellissima per me." "Ma allora devo essere proprio il tuo tipo," fece la Bea, come arrendendosi ad una costatazione che di solito si sente dire solo a coppie di anziani nei film.

"Sarebbe stato meglio se ci vedevamo l'anno prossimo, cosi' io avrei gia' fatto quacosa per rimettermi a posto...," disse la Bea, conscia, come tutte le donne, in particolare quelle belle, del passare del tempo. La Bea chiaramente avrebbe voluto avere la stessa pelle di quando era la ragazzina di cui si innamoro' Niccolo', e chissa' quanti altri.

Niccolo' e la Bea non dovevano sforzarsi a rivangare dalla loro memoria ricordi mai dimenticati, ma ancora freschi come fosse passato pochissimo tempo dalla loro storia, che invece era oramai antica nelle date, ma ancora recente nel cuore.

Capitolo 19
Quaranta mesi dopo il primo incontro

New York University

Inizio a scriverti con i brividi addosso. Pensa che il destino (a noi tanto avverso e da te biasimato nella lettera) ha voluto che ricevessi proprio da te la mia prima lettera da quando sono negli Stati Uniti. Era gia' pronta a partire per casa tua una cartolina, ma la tua lettera vale molto di + di una cartolina. Ti scrivero' come era d'altronde nei miei piani, anch'io dei romanzi, magari soprattutto nei momenti + brutti, quelli che gli americani non vogliono conoscere o che farebbero male a mia madre e ai miei.

Qui ogni posto e' pieno di carte x San Valentino: visto che quest'anno non so davvero a chi darle, a chi spedirle, una la spediro' a te, cercando di vincere il 'destino' avverso, che poi e' stato invece solo il frutto dei nostri stupidi comportamenti in scomodissime e astruse situazioni.

Anche se ti sembra che stia scrivendo una lettera piu' dolce e intima del previsto e che quasi ci veda 'boyfriend and girlfriend', questa lettera e' certo una dichiarazione di guerra di fronte a quello che volevo scriverti dall'aereo che lasciava l'Italia e te. Ancora una volta, nonostante tutto e tutte, sei stata la persona che + ho pensato sull'aereo. E sono state 9 ore di volo da Roma a New York.

E' strano xche' debba pensarti cosi' tanto, non capiro' mai quel qualcosa che tu hai che mi fa perdere la rotta, che mi fa diventare il + ingenuo degli ammiratori, il + scoperto degli innamorati, il + goffo dei ragazzetti che x la prima volta provano a dichiararsi ad una ragazza.

Non ho mai saputo come comportarmi con te. Forse anche questa lettera e' un enorme sbaglio e ci dividera' ancora di +, tu nella tua tana, sorridente e esternamente attratta da tutt'altri che me, io nel mio flirtare continuo, apparentemente, ma solo apparentemente, lontano da te nello spazio e nel cuore...

Solo alcune poche volte, quando proprio volevi farmi credere che in quella testolina rossa e gialla non ci fosse niente, allora ho potuto illudermi di averti battuto, che il mio cuore e la mia mente fossero altrove, che i miei sogni e la mia realta' fossero legati a qualcun'altra.

Eppoi certe volte penso che sto diventando grande e senza cuore. Prima della tua lettera infatti avevo spazzato via, non volontariamente, certo, la mia Italia, almeno i miei amici/e, tanto e' stata meravigliosa l'accoglienza che ho avuto qui dalla gente, da tutti i 950 di questo stupendo college. Ma non voglio parlare di questa mia esperienza proprio con te. Voglio solo dirti che renderai un uomo felice scrivendomi spesso, come io faro' di certo, e che, malgrado non riesca a scrivere quello che sento davvero, provo x te un sentimento grande e talvolta indistinto, che mi trasporta e che mi confonde, ma che e' molto di piu' di un semplice affetto e un semplice 'ti voglio bene.' Spero il tempo lo spazio le donne gli uomini non ci dividano + tanto come in passato

Niccolo'

PS: Ho riletto x la terza volta la tua lettera, e mi sono accorto quante altre cose ho da dirti e avrei da dirti. Lo sai perche' non ho risposto alla tua ultima lettera dall'Italia all'Italia, che era sul mio comodino?

Per tutto quello che ho detto prima, e cioe' xche' proprio non sapevo come comportarmi. Vuoi che ti tratti come un'amica, che ci trattiamo come amici? Ci e' mai riuscito? Mai. Forse, sposandoci felicemente con chissa' quali partners, ci tratteremo un giorno come lontani conoscenti, amici leggeri, non credo di piu'.

Ecco, non sapevo cosa dirti. Dirti che mi era venuto in mente di andare a stare quasi dall'altra parte dl mondo? Che se finora le nostre pazze testoline ci avevano diviso ora un oceano ci avrebbe divisi, che io sarei potuto tornare solo pochissimo d'estate e un po' a Natale?

Spero in futuro, visto che sei 'matura' e diciottenne, mi lascerai scriverti apertamente quello che sento, anche se ti scoccero', ti sembrero' un po' pazzo e un po' utopista e la mia scrittura, insieme con il mio italiano, andranno sempre piu' peggiorando.

Mi sono ricordato di una cosa importantissima: ho una cameretta tutta x me da decorare: non puoi non spedirmi la + bella delle tue foto a colori. Magari la distrazione che mi causera' mi portera' a sbagliare qualche esame in piu', ma non ti preoccupare. Potrebbe essere il piu' bello dei regali per i miei vent'anni. Grazie.

Un gran bacione

Un altro e un altro ancora

Riservo quello che ho da dirti x le altre infinite volte che ci scriveremo. Cerca solo davvero, se lo vuoi, di salvaguardare dal latino o dal greco la tua estate cosi' da permetterci di passare qualche giorno insieme.

Ti ho davvero annoiato e ammorbato in modo pazzesco, ma in fondo lo dico con tanta scaramanzia.

A presto

Niccolo'

Capitolo 20
Non si cambia un Van Gogh

"Ricordi quando sono venuto a casa tua?," chiese Niccolo'. "Si', era prima che partissi per l'America," ricordo' la Beatrice. "Eri venuto apposta per me, a salutarmi, con il duetto Alfa Romeo." Questi dettagli Niccolo' non li ricordava, dopo cosi' tanti anni, ma li annoto' subito in mente, e fu felice che la Bea continuava a dimostrarsi piena di memorie su di lui. Ne era molto piacevolmente sorpreso.

"In quell'occasione venni sopra, a casa tua, era il terzo o quarto piano," raccontava Niccolo'. "A casa mia? Sei stato a casa mia? Si', era il terzo piano." Ora era Niccolo' che aveva dei pezzi del puzzle che mancavano ai neuroni della Bea.

"Ero emozionatissimo. Tutta la tua famiglia era bellissima, avevi tre sorelle una piu' bella dell'altra," disse Niccolo'. "Ricordo eravamo nel salotto di casa tua, c'era qualcun altro all'inizio insieme a noi, poi rimanemmo soli per pochissimi minuti. Ti dissi che partivo per gli USA, e non sarei venuto a fare l'universita' a Padova, come invece a un certo punto avevo creduto."

"Mi ricordo che tu, Bea, mi feci capire che, se per qualsiasi motivo, i miei piani fossero cambiati, e mi fossi invece trasferito a Padova, tu ti saresti volentieri messa insieme a me." Niccolo' raccontava veloce, gli occhi aperti ma come preso dal turbinio di quei ricordi cosi' forti. "Ma io ero oramai deciso ad andare negli USA."

Niccolo' per piu' di trent'anni aveva pensato, elucubrato, che la sua relazione con la Bea era stata bella e struggente anche per questi episodi. La sua sensazione era che, se in Inghilterra quando aveva 16 anni era stata la Bea ad declinare le sue avances, a 19, a Padova nel suo salotto, era stata la Bea a fargli quasi delle avances, ed era stato lui, purtroppo, a dover declinare.

Da questi pensieri, e da altre esperienze, Niccolo' era convinto che nella vita il 'timing', come dice lui, e' di enorme importanza. Probabilmente ci sono tante, tantissime anime gemelle per ognuno di noi nel mondo, ma quella con cui ci uniamo per lungo tempo e' solo quella che arriva al momento giusto, in cui sia l'uno che l'altro siano pronti ad un passo cosi' decisivo.

"Ero una stronzetta," esclamo' la Bea con la sua meravigliosa 'zeta', al ricordo di Niccolo' quando credeva che lei si sarebbe messa con lui se veniva a fare l'universita' a Padova. Niccolo' cadeva quasi dalle nuvole. "Volevo fartelo credere, ma non so se sarebbe successo," disse la Bea. "Ahi!", penso' Niccolo'. "A questo non voglio credere, il ricordo e' molto meglio della realta', no, no, cambiamo discorso...", e cosi' fece.

"Che sorriso malizioso, ma dolce, sincero, che hai," interruppe Niccolo' mentre lei raccontava. "Hai le labbra ancora rosse, piene, sinuose." "Basta, disse lei, lo sai che faccio proprio schifo, ma vedrai che torno bella dopo che..."

"Non ci provare neanche," disse Niccolo'. "Ritoccare il tuo viso sarebbe come alterare un Monet, un Matisse. Non si cambia un Van Gogh!", e trovo' finalmente il nome del suo pittore preferito, e quello che aveva usato i colori piu' vicini a quelli meravigliosi e forti della Beatrice. La Bea sembro' frastornata dalla fermezza di Niccolo', e finalmente convinta, se non a non 'toccarsi', al fatto che lui, almeno lui, era sincero, e la vedeva ancora bella.

La Bea ricordava anche altri particolari del loro ultimo incontro a Padova prima della partenza di lui per New York. "Ti ricordi di quando abbiamo parlato sotto casa mia, nel tuo duetto?" Era Niccolo' questa volta che si era un po' dimenticato questo particolare, ma ora invece ricordava, vagamente ma con la piacevole sorpresa di scoprire un lontano ricordo nel profondo della propria mente.

Erano piccoli tasselli di passato che ritornavano pian piano a riformare una storia mai morta. Perche' le storie d'amore, in fondo, non muoiono mai. Rimangono dentro di noi, piccoli gioielli nascosti nelle aree piu' recondite della nostra memoria. Ed ogni tanto, spesso sorprendendoci, ritornano nel conscio con la stessa veemenza di una volta.

Capitolo 21
Quarantatre mesi dopo il primo incontro

New York University
Ciao Beatrice. Ricevere tue lettere e' sempre una gran gioia per me. Ho ricevuto meno di due ore fa la tua lettera ed eccomi qui sulla mia scrivania, in camera, ore 4.35p.m., tra un po' pensa andro' a mangiare. Sono in un ottimo momento perche' ho appena dato un test di microbiologia piuttosto difficile (per non dire pauroso!) dalle 2.00 alle 3.15, ed ora, dopo un paio di chiacchieratine telefoniche con amici fuori del college e una 'chiaccolata' (traduzione: sbisciata) con Peter, un caro amico olandese, trovo tempo e tanta tanta voglia di stare con te e parlarti.

Credo di non meritare tutte le accuse della tua lettera. Sai in fondo che sono sempre stato un po' innamorato di te, ed e' per questo che, in un momento un po' particolare, ti avevo scritto quella lettera, che credo fosse molto molto simile ad una lettera d'amore. Poi, dopo un mese e mezzo, mi arriva una lettera datata prima che ti potesse arrivare la mia dove, come ti succede spesso, sei tutta vaga, strana,... cosa dovevo fare, rispondere a quella lettera? Mi era sembrato di aver detto abbastanza in quella 'unica' lettera, e cosi stavo solo aspettando la lettera di oggi, dove sei molto + te stessa.

Anch'io ti penso sempre molto. A volte parlo anche di te perche' qui sul muro della mia camera c'e', tra le altre, una foto che Betta mi ha spedito dove io e te, come ha detto la stessa cugina amatissima, ci scambiamo 'sguardi disumani'. E' molto bella (la foto), tu sei molto bella (nella foto e fuori), e tutti mi chiedono cosa quegli sguardi significano. E io non so cosa rispondere.

Comunque averti qui davanti a me nella foto e' sempre molto bello, spesso mi distraggo dai miei studi e volo dal tuo sorriso.

Parlare di me, come tu mi chiedi, mi e' davvero difficile. Credo di essere in fondo sempre lo stesso, tu so che mi dirai come al solito, incontrandomi "ma sei sempre lo stesso", o "sei piu' piccolo" o qualche pazzia del genere, comunque l'ambiente cosi' diverso credo abbia aperto la mia mente in altre direzioni, abbia aperto parti prima chiuse o socchiuse, insomma credo di conoscermi ora meglio, x cosa voglio, cosa cerco, cosa sono, come sono, eccetera.

Mi trovo devo dire proprio bene, didatticamente sono soddisfatto di quello che il college offre, di cosa e come studio. Nonostante per l'America comunque sia un 'outstanding student', lo studio non e' che mi prenda piu' tutto quel tempo. E' uno studio un po' continuo, ma faccio anche tutto il resto. Sono, come dicono i miei stessi amici, molto 'social', ho tanti amici che frequento, gite, viaggi, New York e' a due passi, e poi tanto tanto sport. Per una settimana, fino a venerdi', non potevo camminare che con le stampelle, penso perche' mi ero 'semi-massacrato' una caviglia.

Le donne? Troppe, ce ne sono troppe in questo mondo. C'e' in Italia la canzone che dice "So many girls so little time"? Bhe', e' un po' il succo della situazione di questo college. Come percentuale ci dovrebbero essere circa quasi 3 ragazze per ogni ragazzo. Ma non ti diro' altro, non e' il caso, magari un giorno ne parleremo. E non puoi immaginare quanto tremendamenete vicino sia quel giorno. Si', piu' vicino di quel che immagini.

Non so la tua situazione con i tuoi amori padovani, con Riccardo, ma, e te ne chiedo scusa, credo che ti disturbero' presto, magari riusciremo a complicare ancora di piu' la nostra situazione. Ora... c'e' una canzone dolcissima, tenerissima, che amo. "For ever... I'll be your lover, and I know that you really care... I will always be there... There is no other love as your love... I'll give you all the joy... I need to have you near me, in my arms,... because I'm truly, truly, in love with you girl..." Ho seguito la canzone. Bhe', a presto, Nico

Capitolo 23
La seria sei tu

Trentadue anni dopo, la Bea e Niccolo' continuavano a scambiarsi ricordi dei 'bei tempi'. "Lo sai Bea, l'unica nella mia vita per cui ho scritto il nome dappertutto, sul diario, sul banco, sui quaderni, sei stata tu," ammise sorridendo Niccolo'. Lui, di solito sempre il primo della classe, ragazzo serio da primo banco e il preferito delle professoresse, non riusciva a 16 anni, tornato nella sua Catania, a non scrivere il nome di lei dappertutto, cento volte al giorno, ossessionatamente.

E la Beatrice: "Ti ricordi quando sei venuto sulle dolomiti a sciare con tutti noi padovani? Fu bello." "Si, certo che me lo ricordo, sciavi benissimo, mi sentivo un pivellino, tu tenevi sempre gli sci uniti, sei un'ottima sciatrice," ricordava Niccolo'. "Ma dai...", mielo' la Bea.

"Ricordo anche che avevi i pantaloni da sci bianchi," disse Niccolo' come rivedendoli ad occhi aperti. "E' vero, quei pantaloni se li ricordano in tanti...," ammise la Bea, che per fare ingelosire Niccolo' era una maestra.

La Bea e Niccolo' erano talmente eccitati che spesso, all'inizio della narrazione dei loro pensieri all'altro, si fraintendevano. Per un attimo dovevano frenare la loro foga, per spiegare all'altro cosa intendessero. Era la prima volta che comunicavano cosi' a lungo e direttamente, dovevano quasi imparare a farlo, inventarsi le regole.

Pero' Niccolo' su una cosa era sicuro: "Io sono piu' romantico con te, o almeno lo dimostro palesemente, senza paura." E pensava: "Forse sei anche tu che mi rendi cosi', perche' e' cosi' che mi vuoi, perche' ti piace, ne sei lusingata, e me lo fai fare. Si, con te sono piu' mieloso che con qualunque altra, mi si risveglia il sedicenne romantico, anche dopo 32 anni."

"Certo," disse la Bea, "il nostro e' stato proprio un amore platonico, che piu' platonico di cosi' non si puo'," quasi ridendo. Aveva ragione, penso' Niccolo'. "Io forse ho sbagliato, forse ti ho sempre fatto troppo la corte, eccessivamente. Non ho mai provato a relazionarmi con te in modo piu' fisico, ma forse proprio per questo ricordo cosi' teneramente e preziosamente il nostro rapporto," ammise Niccolo'.

Intanto la leggerissima brezza primaverile della laguna soffio' sui capelli lunghi e lisci di lei. "Hai dei capelli bellissimi, al vento – sembri un'attrice," Niccolo' non seppe trattenersi dal dire, anche se sapeva che continuava a tempestare la Bea di cosi' tanti complimenti da risultare, forse, ossessionante.

"I tuoi capelli sono di un colore difficilmente definibile, un castano chiarissimo, forse continuo a vederci sfumature rosse, eh, non ti arrabbiare se lo dico...," descriveva a voce alta, con gli occhi fissi sulla testa di lei, Niccolo'. "Il mio parrucchiere dice che ho i capelli di colore cenere," disse la Bea, con una quasi impercettibile smorfia di disgusto al sol pensiero di aver quel colore in testa.

Niccolo', come sempre sempliciotto, non aveva mai sentito dire che i capelli potessero essere di colore cenere, e non seppe che replicare. Quando lei comunque si passava le mani fra i capelli, forse per farglielo apposta, Niccolo' aveva un piccolo fremito nell'immaginandoseli morbidini, finissimi, leggeri, soffici, puliti.

Forse era davvero la prima volta che, malgrado fossero in mezzo a centinaia di persone, li', in piazza San Marco, la Beatrice e Niccolo' potevano parlarsi liberamente, senza testimoni intorno. Non c'era la Raffaella, che era sempre stata accanto alla Bea quando c'era Niccolo' sia in Inghilterra che a Padova che a Catania o Acitrezza, come una fedelissima guardia del corpo.

E non c'era la Betta, che quando erano giovani era sempre vicino a Niccolo', forse lei ancor di piu' a sua protezione che la Raffaella per la Bea. "La Betta ti proteggeva da me," disse Beatrice. Niccolo' non c'aveva mai pensato. Ma la Beatrice probabilmente, e ancora una volta, aveva ragione.

Sono questi i momenti in cui il cuore si apre di piu'. La Bea e Niccolo' si erano sempre stimati, per non dire di piu'. E quando c'e' la stima reciproca, e l'affetto, e' bello comunicare con l'altro con tutto se stesso. In fondo, una delle condizioni per raggiungere la felicita' e' proprio aver la possibilita' di comunicare apertamente con una persona che ci e' vicino nell'anima.

E spesso capita che queste persone non siano per forza unicamente quelle che vediamo piu' spesso, o con cui viviamo, o che visitiamo piu' spesso. Puo' capitare di dire ad uno sconosciuto ad un party, o sul treno, cose che non diciamo neanche al partner della nostra vita, se ci fidiamo dell'altro.

"Sai, ho perso un figlio anche io in gravidanza," dichiaro' ad un certo punto la Bea, sorprendendo Niccolo' mentre lui raccontava del suo lavoro di specialista in ostetricia ad alto rischio. "Era un maschietto, ero a circa 20 settimane. Non abbiamo mai capito come mai sia morto. Ci penso spesso." Erano cose che Niccolo' sentiva dirsi purtroppo giornalmente dalle sue pazienti. Ma sentire la Bea raccontargli i dettagli di un episodio cosi' personale e importante lo colpi'.

Da esperto con piu' di 20 anni di lavoro clinico e di ricerca in materia, Niccolo' sapeva che per una donna raccontare le vicende sempre drammatiche di una gravidanza terminata senza la nascita di un bimbo sano era davvero la manifestazione piu' grande di fiducia nell'altro. Ne fu commosso.

Ancora una volta, la Bea dimostrava di essere ben piu' profonda di quanto lui potesse immaginare. Come ogni donna matura e intelligente che aveva vissuto questo tipo di esperienze, la memoria di quel bimbo che non era mai nato vivo era reale, toccante, fresca nella psiche della Bea malgrado fossero passati cosi' tanti anni.

Si possono avere anche dieci figli, ma la morte di un figlio, anche se in utero, e' sicuramente la piu' grande disgrazia, il piu' grande dolore che una persona possa mai soffrire.

"La seria tra noi due forse eri tu, anche il fatto che ti sei sposata a 22 anni lo dimostra," disse Niccolo'." Non solo. Forse sei anche piu' romantica di me, hai conosciuto l'uomo della tua vita giovanissima. Mi ha fatto davvero impressione che eri cosi' matura da sposarti tanto presto. Ma come e' successo?"

La Bea nutri' di particolari la curiosita' di Niccolo', ignaro della storia della Bea e di suo marito. "Ho conosciuto Riccardo quando avevo 18 anni," inizio' il racconto la Bea. "18 anni!!!," penso' Niccolo'. "Mi sono sposata a 22." "Mamma mia," penso' Niccolo'.

Ed ammise lui: "Io ho dovuto 'provarne' tante di regazze prima di capire qual'era quella giusta." E, guardandola, e ripensando al passato, disse: "Non ti facevo cosi' legata alla famiglia, al marito, al matrimonio, ai figli. Tu eri quella che ti concentravi alla caccia al 'sano' del momento anche quando andavi a messa a Sant'Antonio la domenica! A te piacevano ragazzi padovani, milanesi, argentini, mori, biondi, un po' tutti!"

"O lo facevi per farmi – e farci – un po' ingelosire? Se si', devo ammettere che eri una maestra!", continuo' Niccolo'. "Una cosa che di te ho sempre notato in passato come diversa dalla altre e', almeno con me, il continuo tira e molla. Mi tieni la mano un giorno – per me segno che stavamo insieme – il giorno dopo no, perche' sei piccola, e perche' poi si vive in citta' diverse," ripensava a voce alta Niccolo'.

Niccolo' apprese che la Bea aveva conosciuto Riccardo appena un mese dopo che lui, Niccolo', era partito per l'America. E solo tre mesi dopo che, come lui aveva capito, la Beatrice gli aveva detto che, se lui Niccolo' fosse venuto all'universita' a Padova, si sarebbero messi insieme.

Tanti tasselli del loro passato, degli episodi che avevano per sempre e profondamente cambiato il loro destino, venivano ora a galla e formavano una realta' in parti diverse occulta a loro due, gli innamoratini d'Inghilterra di piu' di trenta anni fa.

Niccolo' avrebbe potuto pensare: "L'avrei potuto precedere a Riccardo, venendo a Padova all'universita' e mettendomi con la Bea, avrei cambiato tutte e tre le nostre vite." Ma non era il tipo da pensare a cose irreali, a cose che non erano accadute, ad un passato che come passato non si poteva, e doveva, cambiare. Pero' il fatto che la Bea fosse cosi' gia' pronta a quell'epoca cosi' lontana a promettersi fedelmente ad un uomo per tutta la vita aveva proprio sorpreso, quasi sconvolto Niccolo'.

"Sai Niccolo'," continuava a confessarsi la Bea', "Riccardo mi piace ancora adesso, anche dopo quasi trent'anni." "Davvero," penso' Niccolo', "che donna, quante belle cose mi racconta. E' una donna fedele, ancora innamorata, con i grandi valori che ho io della famiglia e del rapporto di coppia. Solo che io ci ho messo almeno altri dieci anni, dopo il rapporto con la Bea, a capirlo. Lei tre mesi..."

Capitolo 24
Quarantotto mesi dopo il primo incontro

Amatissima Beatrice,
ho appena ricevuto la tua lettera, come sempre un grande choc per me. Eravamo io e Ahmed, un mio amico libanese, appena dopo il 'finale' di Scienze politiche. Lui ha ricevuto la lettera della ragazza, in Spagna, e io la tua. Eravamo molto contenti, 'volavamo' contenti tra gli alberi del college. Probabilmente riceverai la lettera quando saro' gia' in Italia. Dalle 8 di mattina del 4 agosto fino al 1 di settembre saro' infatti in patria, tanto sospiratamente.

La mia estate americana non e' stata affatto noiosa o, in generale, negativa, ma ho dovuto studiare, anche parecchio, per dare 4 'corsi' (2 di chimica, 1 di fisiologia e 1 di politica, tanto x cambiare), e poi ho lavorato, un 4 ore al giorno, nella biblioteca del college, tanto x fare qualche soldino e, piu' che altro, per placare un po' la mia coscienza al pensiero dei milioni che il mio povero papa' sta versando nelle casse di questo college.

Ma poi questo week-end, in New York City, ho visto un bel giaccone stile pazzo (o meglio 'Sano di Catania'), ho ripensato a quanto ero bello quando ero in Italia e ho speso quasi tutti i miei 'favolosi' guadagni in quell'acquisto. Sto guardando le Olimpiadi (sono le 12:30 di un soleggiato ma pallido lunedi' mattina) e questo mi distrae parecchio. Aspetta che spengo la TV.

Perfetto, ora posso dedicarmi tutto a te.

Mi dispiace davvero di esserti apparso un mistero. Non avevo intenzione di lasciarti senza salutarvi. Se ricordo bene, credo che io e te ci eravamo salutati (probabilmente freddamente come e' nostra stupida abitudine), e non so x Raffaella, a si', ecco, mi ricordo, sono partito prima di poterla salutare. Si pensava partissi alle 6, o giu' di li', poi ho preferito partire alle 2, cosi' ho potuto passare un po' della mia serata col mio adorato papa' e dare un po' di sollievo a Paolo e la sua famiglia (che sempre si 'distrugge' per offrirmi una fantastica ospitalita').

Mi fa molto piacere essere qui a scriverti. Come vedi il mio italiano e' un po' peggiorato, all'inizio traducevo addirittura dall'inglese. E' comunque che sono molto stanco. Ieri sera, 29 luglio, x studiare ho dormito solo 5 ore e mezza, dopo aver studiato, o meglio studiacchiato, un po' tutto il giorno.

Ma e' quasi finita. Spero di non dover studiare piu' cosi' d'estate. Preferisco lavorare, hai meno responsabilita' e piu' tempo libero e 'sereno' x lo svago. E qui di svago ne puoi trovare tanto, cosi' come in Italia.

Ho tante cose da dirti, tante emozioni che vorrei tu potessi dividere, non finirei di scrivere. L'essere qui in America e' un qualcosa di veramente grande, molto differente. Ci pensi, vivo da solo. Tutti amici nuovi. Abitudini nuove, nuovo cibo, una confusione a volte terribile.

Anch'io ogni volta che ti lascio vorrei tirarmi un cazzotto (senza le banalita', ma sono e, spero, restero' sempre un pazzo, semplice giocherellone) perche' non ti ho obbligato (e si', perche' a volte bisogna obbligartici) a parlare un po' con me, dirmi a quattr'occhi come ti va la vita, impressioni sul mio, tuo comportamento, cose che praticamente mai abbiamo fatto e, come due timide colombe, ogni volta proponiamo di fare, sperando di non urtare l'altro piu' di tanto.

Il mio silenzio e' dovuto soprattutto, credo, a questo. E' che quando penso alla nostra stranissima relazione mi viene una rabbia immensa, non posso credere che siamo (e di solito me la prendo con me, 'sono') ancora li' a giocare, io 16enne e tu 14enne, quando ormai anni sono passati e entrambi siamo notevolmente cambiati. Conosco me stesso, e dalle tue lettere posso intravedere quanto la pallida, minuta, splendida Beatrice si sia trasformata in una a volte multiforme e davvero scatenata 'Ziza'.

Avevo deciso, cosi', che c'era poco da dirsi, che forse era proprio tempo di chiudere un bel capitolo, e parlare sinceramente di amicizia, togliendo quel 'un po' di piu'...' che, almeno dalla mia parte, c'e' sempre stato. E' inutile. Nonostante la brevita', so che ogni volta che qualcuno/a mi chiede un po' della mia storia, un bel capitolo riguarda

la bella Dea dagli occhi blu. Ti ho idealizzato? Puo' darsi, ma mi piace
cosi'. Bhe', come vedi sono proprio pazzo. Non volevo scriverti una
lettera come questa. Non volevo metterci il 'po' di piu''. Mah!

    Non so, tra 4 giorni saro' in Italia e la mia vita cambiera'
drasticamente ancora. Finalmente mare e relax. Probabilmente staro'
sempre ad Acitrezza, o quasi, come e' nei programmi dei miei genitori
e anche miei. Se davvero questo Lido delle Nazioni e' cosi' orribile,
faresti una cosa magnifica venendomi a trovare, magari solo qualche
giorno, senza Paolo e la Raffaella, che magari verranno in altra data
(Paolo sicuramente, se no finisce male). Sarebbe molto bello, credo,
per entrambi, solo x stare un po' assieme. Io vado per i 21, tu per i 19,
credo che siamo abbastanza vecchi per meritarcelo, prima che
qualcun altro di veramente 'serio' dal mio o dal tuo lato lo faccia
diventare un vecchio sogno di gioventu'. O un vecchio 'un po' di piu'...
Telefona appena puoi, ora, da dove sei.
Niccolo'

Capitolo 25
La scienza della felicita'

Ritornarono per un attimo a ricordi molto piu' recenti. Niccolo' disse: "Quando mi hai detto al telefono: 'Ma perche' proprio adesso? Perche' non prima?,' francamente non sapevo cosa rispondere. Forse la verita' e' col tempo che ci si sente piu' maturi, sicuri del proprio solido rapporto di matrimonio, dell'intelligenza del coniuge che comprenda e si fidi."

"O forse e' solo una scusa, la verita' e' che finalmente e' capitata l'occasione giusta dopo 32 anni," continuava ad interrogarsi Niccolo'. Oramai, pero', la Bea aveva ben capito che non c'era stata malizia nell'intenzione di Niccolo' di rivederla. Non l'aveva portata in un hotel, o cercato di fargli delle avances.

"Non sei proprio cambiato!" disse la Bea. "Sei sempre il solito romanticone che mi fa mille complimenti. Non ho mai conosciuto nessuno come te. Mi fa bene oggi starti vicino, mi ridai fiducia in me, buon umore. Grazie."

Nicolo' era ispirato. Ogni tanto inseriva citazioni nel suo parlare per spiegare meglio i concetti che voleva transmettere alla Beatrice.

Le racconto' anche cos'era per lui, anzi, disse, 'per la scienza', la felicita'. Erano cinque i requisiti per raggiungerla. Ogni requisito poteva essere interpretato in modo personale, ma era allo stesso tempo fondamentale per arrivare alla felicita'. I requisiti erano, piu' o meno: 1. Le relazioni sociali, come per esempio avere un partner con cui poter veramente aprirsi e vivere in simbiosi, o (od anche) un vero amico/a; 2. L'impegno, cioe' l'essere preso da un'attivita' godibile ma anche che ci metta alla prova; 3. Il significato (della propria vita), sentirsi dedicato e parte di uno scopo importante, piu' grande di noi stessi; 4. Le soddisfazioni, cioe' l'aver raggiunto traguardi per noi importanti, tangibili mete; 5. Il piacere fisico, che sia il mangiar bene, un bagno rigenerante, sesso, ecc.

Era stato uno psicologo, Martin Seligman, a mettere insieme questa lista di requisiti per la felicita', rimasta impressa a Niccolo', che la usava per se stesso, e la divulgava spesso, perche' voleva un po' che tutti fossero felici. In quei momenti, voleva transmettere alla Beatrice la sua ricetta per essere felice sempre, anche quando, da li' a poco, si sarebbero lasciati di nuovo.

Capitolo 26
Cinquantuno mesi dopo il primo incontro

Carissima Beatrice,
ieri ho ricevuto, summo cum gaudio (ti prego correggi il mio
dimenticato idioma latino) la tua lettera. Bhe', certo e' stato un
peccato che non ci si e' visti in agosto, ma vedo che la nostra amicizia
e la nostra amabile (almeno come la vedo io, nel senso di molto bella)
corrispondenza sono ancora vive, nonostante tutto. Magari la
prossima volta saremo piu' fortunati, magari sotto Natale, chissa' che
non riesca a fare una sorpresa a voi cari padovani. Meglio essere
scaramantici e non parlarne troppo.

Sono nell'intervallo tra due mie classi, chimica organica e calcolo
I, e credo non sia il momento + adatto x scriverti, ma avevo tanta
voglia di farlo. Sai, e' molto bello come sta cambiando il nostro
rapporto. Siamo stati, credo, per diversi anni, come due ricci l'un
l'altro. Affetto, anche tanto a volte, ma tanta incomunicabilita'.
Diverse esperienze, timidezza. Dalle ultime lettere, invece, sembra che
stiamo cambiando. Ti sento effettivamente piu' viva, piu' aperta, piu'
attenta a esperienze serie e, certo, piu' sicura e cosciente di te stessa.
Cose che in te in fondo ci sono sempre state in potenza, ma che ora
stanno sbocciando, magari un po' in ritardo riguardo ad altro
sbocciare (quello fisico).

Ed io? Oh quanto vorrei dirti!

Niccolo', dall'altra parte dell'oceano. Oddio, ho guardato
l'orologio e sono gia' dieci minuti alle undici. Devo andare a lezione.
Oh, non sai quanto odii lasciare lettere cosi', a meta', e riniziarle
magari un altro giorno, senza il caldo sole che ora mi illumina, senza
questo stato d'animo rilassato ma tanto stanco, senza i tanti fuggevoli
pensieri che svolazzano fragili nella mia mente.

Bhe', see you later...

Rieccomi. Ho appena finito i miei bravi compitini, fatto un po' il
riassunto delle mie finanze, concluso un 'report' sul laboratorio di
genetica. Sono le 11. Dunque veniamo un po' a me.

Notizie sparse. Lo studio procede sempre piu' duramente, questo semestre ho una marea di materiale da studiare, non so dove mettere la testa. Inseritomi ormai con successo nel sistema, cerco ora di emergere dalla folla dei competitori, e di meritare, tra un paio d'anni, l'accesso a qualche rinomata scuola di medicina americana. I risultati finora sono buoni, anzi ottimi almeno fino al primo esame di fisica.

Gli altri corsi che sto prendendo, chimica organica, genetica, calcolo e inglese vanno per ora bene, ma certo solo perche' sto studiando davvero parecchio e con certo giudizio. E' certo che le materie mi piacciono, spesso nei laboratori mi appassiono a quello che faccio, ma durante il giorno, sempre, il desiderio primo e' quello di buttarsi sul letto e dormire. A volte, nel mezzo della giornata, prendo brevi sieste 'sonnorifere' per rifarmi dello sforzo fisico-psichico della mia giornata.

Anche perche' questo autunno-inverno ho giocato a calcio con la squadra del college, cosa che mi ha tolto tanto tempo libero (allenamenti tutti i giorni eccetto la domenica e partite spesso due volte alla settimana) e tante calorie. Sono tornato lo smilzo dei tempi migliori dopo un'estate all'ombra degli spaghetti.

Altra parte della mia giornata sono riunioni col governo del college, essendo presidente del mio dormitorio, e attivita' simili. Ma nel week-end lo svago si scatena, come anche in particolari sere infrasettimanali. Ultimamente le mie amicizie americane si sono fatte molto migliori.

Ho stretto molto con un portoghese, Bernardo detto Nano, e Ahmed, un libanese, oltre che un francese, un olandese, un mauritiano e un haitiano. Siamo un po' il gruppo internazionale della scuola, e, come deve essere x i veri amici, il solo stare insieme ci rende felici. Forse anche dovuto a questa nuova apertura all'amicizia 24 ore su 24 e' da un mese ormai che sono felicemente scapolo.

Dopo una bella storia estiva con una americana, storia seria e piuttosto lunga x essere americana, ho preferito ritornare alla mia liberta'. Sai, nel campus e' terribilmente difficile portare avanti una relazione. Si vive sempre insieme, spesso stessi amici, colazione, pranzo, e cena insieme, e, x la maggiorparte delle coppie, stesso letto per la notte. Se non sei innamorato al 100%, sei finito. Muori asfissiato. E io invece amo mantenere i miei amici, conversare con altre ragazze liberamente e pensare, ingenuamente, di essere libero di attaccare chi mi pare quando mi pare.

E' cosi' che Niccolo' sta diventando sempre piu' aperto e sociale, mantenendosi pero' timido e in fondo tanto spaventato dalle donne. La mia immagine esterna e' quella del playboy italiano, come dicono tutti. Io rido. Certo a volte fa piacere. L'amore e' talmente poco di moda qui negli USA che il sesso ottenebra la mente di tutti quanti e, spesso, disgusta me. Va bene playboy, ma se volessi una relazione seria con una ragazza? Ago nel pagliaio.

Ma forse il problema e' tutto in me e nelle mie contraddizioni. Nel mio bisogno di serieta' nel divertimento. Parlerei per ore, lo sai. Ma a volte tutto quello che vorresti dire ti sembra troppo lungo per una facciata di pagina o troppo stupido per essere scritto. O, piu' spesso, ti sembra che tutto quello che vivi, che senti nella tua pelle, sia tremendamenete difficile da trasmettere agli altri, soprattutto per chi vive in un altro continente.

Bha'! Si va a letto. Ho filosofeggiato fin troppo stasera. Ti ringrazio di avermene dato l'opportunita'. Almeno quando ti scrivo mi ascolti e fai attenzione. E sei molto piu' facile da trattare. Avevo deciso di andare a letto, si'.

Ti mando un po' dei miei pensieri inespressi e dei miei sogni da bambino, insieme con un caro baciotto.

Ciao

Niccolo'

Capitolo 27
Sono tornata dall'Inghilterra innamorata di te

Dalle 14:35 alle 19:45: 5 ore, non erano mai stati cosi' tanto tempo insieme. Anche se in mezzo a migliaia di turisti a Venezia, per quelle ore non erano esistiti che loro due. Niccolo' aveva visto solo lei, la sua Bea. La Bea aveva visto solo lui, il suo Niccolo'.

Era vero. "Quando ci sei tu vicino a me, non noto nessun altro," avevano entrambi pensato durante quel meraviglioso pomeriggio.

Rimembrando tutti i loro precedenti brevi, affollati incontri, la Bea ricordo' che l'ultima volta che si erano visti era stato circa cinque anni prima, con la Betta, Paolo, Raffaella, e le rispettive famiglie. Erano oramai tutti sposati, tutti con figli. Niccolo' aggiunse i suoi ricordi a riguardo: "Io ricordo soprattutto che non riuscii a sedermi vicino a te, che avevi dei pantaloni chiari, con sotto dei tacchi, come a volere essere piu' alta, ed eri come al solito molto bella, anche se con qualche rughina, unico segno del tempo."

Niccolo' ricordava che c'erano il marito, e i due figli piu' giovani della Beatrice. Aveva anche cercato di conoscerli un po', almeno i figli, per studiarne le somiglianze alla madre. Ma ora non ricordava niente, solo lei, straripantemente lei.

La Bea si ricordava anche di un incontro a New York. Era venuta in vacanza con la famiglia. "Bhe', poi dici che non ti penso, che non ti voglio bene. Ti avevo cercato addirittura sull'elenco del telefono, e ti avevo chiamato io. Ti volevo rivedere. Ricordo che stavi bene, ci incontrammo a Manhattan, dove vivevi."

Niccolo' se lo ricordava vagamente, cosi' lascio' continuare lei. "Ti presentasti con la tua ragazza, o fidanzata, non so. Ero talmente gelosa che non riuscii a guardarla, non ricordo neanche che colore di capelli avesse, solo che era molto alta."

"C'era Ingrid," ora ricordava Niccolo', la bella biondona, alta, occhi azzurri, nord europea, bellezza filiforme e mozzafiato che era in effetti la sua fidanzata ufficiale. "Dovevano essere passati almeno 19 anni da allora," si fece i conti in testa Niccolo'. La Bea ammise a

Niccolo' che non si ricordava niente di lei, avrebbe sofferto troppo. Un bel segno che anche i sentimenti di Bea erano conditi a volte di gelosia.

Piano piano, dopo quasi tre ore che parlavano, Niccolo' noto' che la Bea aveva le scarpe. Erano eleganti, delle ballerine bianche e nere, basse. I blu jeans erano chiari. Aveva una magliettina avana cremoso, con le maniche lunghe. La giacca rosso fuoco. Ma si doveva sforzare a vedere cosa la donna di fronte a lui avesse indosso. O anche a vedere che avesse un corpo sotto il suo viso meraviglioso, e dietro tutti quei meravigliosi ricordi, dietro, molto dietro quei bellissiimi momenti di gemellaggio di due anime.

A un certo punto, Niccolo' noto' anche che la maglietta di lei, attillata, guardandola un attimo di fianco quando era seduta li' vicino a lui, faceva una curva notevole tra l'alto addome e molto sotto il collo. A Niccolo' in effetti il seno e' sempre piaciuto piccolino, era la prima volta che notava che la Bea ce le aveva notevoli, molto piu' che a 'handful', come si diceva nella sua patria di elezione. Scosto' subito lo sguardo, come ancora 16enne.

Anche la Beatrice faceva complimenti a Niccolo'. Ricordava benissimo il ballo a Canterbury quando si era innamorata. La loro canzone. Diceva che Niccolo' era magro. Un bel ragazzo. E ammise: "Ricordo benissimo. Sono tornata dall'Inghilterra quell'estate innamorata di te." "Ma si'!!!", urlo' in silenzio dentro di se' Niccolo'. "Allora non mi ero proprio illuso!"

E' bello scoprire la verita', soprattutto se e' meglio, ma molto meglio, di quello che si e' immaginato per piu' di trent'anni, sbagliando. Era propria bella questa nuova verita', pensava Niccolo'.

Niccolo' la guardava e un po' si interrogava, riscoprendo lati sempre uguali della Beatrice, e aggiungendone dei nuovi. "Sei una all'antica, una che vuole essere corteggiata?," pensava. "Che non fa mai il primo passo, ma a cui piace che sia l'uomo a farsi avanti? Che sia per una lettera, un'email, una telefonata, un messaggino, un bacino? O per chiederti di stare insieme, o passare il resto della tua vita con lui?" Questa era stata, e continuava ad essere l'impressione di Niccolo', ma non era sicuro che fosse la verita'. E forse sicuro non lo sarebbe mai stato.

La Beatrice si rivelava a Niccolo', con il passare dei minuti, sempre piu' la donna meravigliosa, positiva, simpatica, romantica, generosa, che lui si era sempre immaginato. O forse era vero che l'aveva capita bene subito. E che, come dicono negli Stati Uniti, 'tutto quello che uno sa, lo ha imparato all'asilo,' e che quindi la Beatrice, che era una brava ragazza a 14 anni, lo era rimasta anche 32 anni dopo. "Mamma come ci avevo preso che eri una ragazza meravigliosa!!!!!!", gongolava fra se' Niccolo'.

Era una donna con un qualcosa di regale, non solo nell'aspetto, ma anche nel comportamento. Niccolo' era stato, non ricordava piu' quando e perche', a Abano Terme, dove aveva visto, dal di fuori, la villa della famiglia della Beatrice. Nella sua immaginazione, Niccolo' pensava la Bea a suo agio in ville principesche, sempre in vacanza, al mare, in montagna, o anche in aristocratiche dimore in campagna.

Capitolo 28
Cinquantacinque mesi dopo il primo incontro

Cara Beatrice,
ho appena letto la tua lettera, e, come al solito, mi appresto a scriverti subito la mia risposta. Pur tra tutte le "mattita'" che ti possono frullare nel cervello, sai bene che sono sempre contento di scriverti (bel finale nella tua lettera: "Non ti dico di scrivermi ogni tanto, perche' so che e' inutile"). Ma se con quella frase volevi solo un po' smuovere le acque (o meglio svegliare la mia penna), va bhe', x per questa volta non me la prendero'.

Nonostante le vaghezze e la leggerezza 'nihil-dicens' della tua lettera, nella mia cerchero' di essere almeno un po' piu' dettagliato. Sai che mi piace parlare, magari soprattutto con le persone che + mi stanno a cuore. Mi viene in mente,... sai per il mio compleanno ha anche chiamato Antonello... forse ti ho gia' detto cosa ha detto una volta su noi due... bhe', meglio non dirlo... aspetto periodi di maggior amicizia, voglio dire quando si parla a quattrocchi si dicono cose che non vengono fraintese. Mi pento di quanto sopra, che capisco incomprensibile per te. Me ne scuso.

Dunque... sono disteso nel mio letto, semivestito, radio e luce alla mia destra, sono le 9 del... 18 febbraio, si', stasera non studio probabilmente, ho avuto una giornata gia' abbastanza faticosa. A parte i corsi regolari, lavoro un po' in biblioteca, e mi sto preparando, come probabilmente ti avro' gia' detto, x l'MCAT, un esame apposta per entrare nelle scuole di medicina qui negli Stati Uniti. Per me e' vitale, se fallisco addio America. Lo daro' il 27 aprile. Ti prego di fare il tifo x me, almeno quel giorno.

Che altro? La vita procede piuttosto bene. Ho passato uno splendido 13 marzo, i miei piu' cari amici hanno organizzato un party x me, con tanto di torta, candele, champagne, ogni tipo di liquori, scritte sui muri inneggianti a Catania o al mio perenne sorriso (non so xche' sia diventato famoso per questo, qui), e .. come si dice .. striscioni di carta tricolori, o con Happy Birthday sopra. E poi tutta la giornata e' stata bella. Per San Valentino... bhe', anch'io ho avuto una Valentina, ma la cosa e' talmente fresca che non sto li' a dilungarmi.

So che a te le cose vanno sempre bene, e questo mi fa piacere (non tanto veramente, ma credo di meritarmi un po' di ira del destino, almeno nei tuoi confronti). Leggo oggi, x diletto, un libro di Astrologia di un mio amico (non sapevo di avere Vergine in Acquario o Marte in... non mi ricordo + !). Si dice che uno come me e' molto spaventato dall'innamorarsi... probabilmente... e' quello che dice anche questa ragazza, e io me lo sento molto addosso. Cosi', si dice nel libro, rimango sempre a mezza strada, e finisco sempre... solo. Chissa' cosa c'e' di vero.

Certo e' che di relazioni finite a meta' ne ho molte alle spalle, ma erano + o meno tutte ormai spente per me, oppure non e' stata colpa mia. E' proprio vero che quando non hai una ragazza stabile, che conosci x almeno dei mesi, ti incominciano a venire i problemi, senti la mancanza di dire le tue stupidaggini a qualcuno... meno male ora ce l'ho, un 'qualcuno', altrimenti questa lettera sarebbe stata un lungo libro.

Tutti gli altri dettagli della mia attuale esistenza, o almeno quelli che mi passano ora x la mente, non sono degni di passare alla storia attraverso questa lettera. Sappi che sono sempre + legatissimo ai miei e Catania, e ho ormai i miei ottimi amici anche qui.

Ti mando il mio + caro abbraccio,
    sconsolato nel saperci cosi' sconosciuti,
    Niccolo'

Capitolo 29
Cinema Paradiso

Beatrice chiese a Niccolo' di parlarle del suo lavoro, di cosa facesse di preciso. Niccolo' era un fiume in piena quando parlava della sua attivita' di clinico, ricercatore e insegnante all'ospedale unversitario. Era davvero molto soddisfatto di quello che faceva, potendo aiutare direttamente il prossimo.

La inondo' per due o tre minuti della sua passione per i challenges di migliorare gli outcomes dei suoi pazienti, ma seppe a stento trattenersi dal dilungarsi sul descrivere un mondo tutto suo, che sapeva sarebbe stato difficile far comprendere appieno alla Beatrice, almeno li' in pochi minuti.

Uno dei momenti piu' sorprendenti della meravigliosa chiacchierata di quel lungo pomeriggio fu quando Niccolo', parlando di quante soddisfazioni avesse professionalmente, paragono' questo aspetto della sua vita alla scena di un film. Niccolo' descrisse alla Bea come, per la sua promozione a professore ordinario, avesse dovuto mandare al rettore dell'universita' le prove del suo successo come clinico, educatore, e ricercatore.

Una parte dell'enorme fascicolo che la sua assistente mando' al rettore fu una lunga lista di frasi da lettere di ringraziamento mandate a Niccolo' da pazienti, da studenti di medicina, da specializzandi, e da tante altre persone che volontariamente avevano sentito il bisogno di esternare la loro gratitudine al 'professor' Niccolo'.

"Beatrice, non so se ti ricordi del film Cinema Paradiso, un film di tanti anni fa, in cui..." stava dicendo Niccolo', ma la Beatrice l'interruppe subito. Il suo busto si irrigidi', si sposto' leggermente in avanti, e i suoi occhi si spalancarono, come increduli: "E' il mio film preferito," disse Bea, come incredula, forse pensando che Niccolo' lo sapesse.

"Ma era impossibile che lo sapesse," penso' lei. Anche Niccolo' fu colpito dalla reazione della Bea, e dalla strana coincidenza. Non pote' non rimarcare: "Anche per me e' un film speciale. E significa molto. Pensaci: lui ha lasciato il suo luogo di nascita, ha avuto successo emigrando lontano dal suolo natio, ma ha tanta nostalgia di sua madre, dei suoi cari amici e famigliari, della sua terra, la Sicilia."

"Da ragazzo, era scuro scuro, i capelli neri, le sopraciglie folte, la pelle arsa dal sole della Trinacria. E si innamoro' di una ragazza di fuori, dai capelli chiari, gli occhi blu, bellissima, e fu una storia struggente, che poi rimase solo una storia di adolescenti, visto che la geografia li separo'." Niccolo' rivedeva la loro storia nel film. E intanto si chiedeva cosa in particolare di quel film lo rendesse per la Beatrice il suo favorito.

"Comunque...," continuo' Niccolo', "la mia segretaria mi fece rileggere tutte quelle pagine, parecchie dozzine, dove si susseguivano frasi meravigliose di sincera gratitudine nei miei confronti. La sensazione che ebbi fu simile a come la dovette avere il protagonista del film Cinema Paradiso rivedendo tutti i baci che erano stati in passato tagliati dai film, ed ora rincollati insieme, uno dopo l'altro."

Niccolo' per qualche secondo penso' anche a qualcos'altro, ma non lo disse. Cinema Paradiso e' un film d'amore, profondo, struggente, da piangere. Il suo film preferito e' 'A qualcuno piace caldo,' che e' una commedia leggera, divertente ma senza grandi messaggi di vita sotto.

La Beatrice, che lui non aveva immaginato in precendenza cosi' profonda e romantica, si rivelava piu' seria di quanto lui avesse potuto constatare fino ad allora. Per anni aveva pensato che la Bea era una ragazza stupenda ma magari un po' 'leggerina', invece...

Quando Niccolo' tiro' fuori la penna per appuntarsi un pensiero, come faceva spesso, la Beatrice gli chiese di farle vedere la sua calligrafia, perche' voleva vedere se il suo ex aveva la stessa calligrafia di 32 anni prima, quella delle lettere che aveva ricevuto.

Quando scopri' che la calligrafia di lui, ormai da piu' di vent'anni medico, era molto diversa, e non piu', come diceva lei, 'un po' da femmina', ne rimase delusa, chiuse quasi gli occhi per non vederla, e per rimanere con i ricordi della calligrafia che tanto aveva letto, amato...

Era tradizionalista la Bea, le piacevano ancora le lettere scritte a mano, i film d'amore, l'andare insieme a ballare i lenti, il parlare ore e ore di sentimenti e di ricordi. "In questo," pensava Niccolo', "siamo simili: romantici, ci piace ballare, baciare, la stracciatella e la nocciola, Cinema Paradiso, ma chissa' se questo e' solo il 20%, il 20% che manca alle nostre relazioni."

"Che vuoi dire con questo 20%?" chiese la Beatrice. "In un altro film," spiego' Niccolo', "ho sentito una teoria che penso sia molto vera. Parlava del fatto che i nostri partner, prendi per esempio Riccardo tuo marito per te, rappresentano l'80%. Hanno tantissime qualita' e tratti del carattere che ammiri, e che te ne hanno fatto innamorare, e che continui ad apprezzare."

"Ma, per quanto perfetto il proprio partner sia," continuo' Niccolo', "c'e' sempre un 20% che manca, o che non ci va poi proprio bene. Magari fa troppe poche carezze, o non aiuta tanto a casa, o nota poco i nostri nuovi vestiti, o non gli piace fare un'attivita' che noi adoriamo, o altro. Ci sono praticamente sempre difficolta' in un matrimonio, in una relazione. E quindi noi spesso, inconsciamente, siamo alla ricerca del 20% che ci manca nel partner."

"Il film che avevo visto spingeva questa teoria fino ad una reale scelta di una donna che abbandonava il suo 80%, il marito, per mettersi con un altro uomo, all'apparenza migliore, ma che in fondo era solo il 20%. Una volta insieme al 20%, dopo anni la donna rincontra l'ex-marito, e si rende conto, molto tristemente, dell'80% di qualita' positive, perfette per lei, che l'ex-marito aveva, ma che lei purtroppo quando stavano insieme dava per scontate."

Il messaggio era che bisogna sempre concentrarsi sull'80% del partner che amiamo, e che dobbiamo sempre considerare quando incontriamo una persona che si', ha dei tratti positivi che il nostro partner non ha, ma che questi tratti positivi sono una piccola parte di cosa per noi e' importante. Se il nostro coniuge non ama ballare, ma ha mille altre qualita' come intelligenza, impegno, sincerita', onesta', dedizione alla famiglia, e tante altre, si puo' mai gettarsi tra le braccia di un altro solo perche' sa ballare bene?

"Certo, mi sa che nel vostro matrimonio per certe cose tu sei la femmina, lei il maschio," interruppe la Beatrice, incredula che alla moglie di Niccolo', che aveva mille pregi da come la descriveva Niccolo', non piacesse pero' ballare. "Ballare piace a tutte le ragazze, no?" Niccolo' non rispose, e' ovvio che ci sono tante ragazze a cui piace ballare meno dei ragazzi, ed e' chiaro che invece evidentemente alla Beatrice piaceva ballare piu' del marito.

Capitolo 30
Cinquantotto mesi dopo il primo incontro

Carissima Beatrice,
ho appena ricevuto e letto la tua lettera, e questo e' un attimo
splendido per scriverti. Sono in biblioteca, appena uscito dalla
cafetteria (ho cenato, ma sono solo le 6 e 25). L'ambiente e' silenzioso,
rilassato, un po' come sono io. Mercoledi' mattina, cioe' dopodomani,
avro' l'ultimo 'final', e poi avro' finito per questo semestre. Non ti dico
la gioia. E' stato un lungo semestre, e, non ti nascondo, ho studiato.
Soprattutto, a parte la scuola normale, ho dovuto dare un esame, di
cui magari ti avro' gia' parlato, il cui risultato sara' la chiave di
entrata (o di uscita) alla scuola di medicina qui in America.

Ma il mio stato d'animo, come sempre, e' gia' lanciato al 'party
time', avro' due settimane (o tre) di totale 'pacchia' con i miei amici
piu' cari che si laureano e io ad aiutarli a divertirsi (con tutto quel che
segue) per l'avvenimento. Si prospettano tempi selvaggi.

E' un po' difficile dirti veramente quello che faccio e come va qui.
Tu nella tua lettera sei stata piuttosto eloquente, mi hai dato un po'
l'idea di quel che fai. Non sapevo davvero fossero uscite le materie, e
come mai porti 4 materie orali? Bha', certe volte mi sento davvero un
emigrato.

Le piu' belle notizie dall'Italia sono che in settembre Betta e
Paolo mi verranno a trovare e lunedi' questo un amico di Catania
verra' anche a visitare New York. Son sicuro che un giorno verrete un
po' tutti. Alcuni amici di qui probabilmente verranno a trovarmi in
Italia quest'estate. Saro' li' spero il 29 giugno e solo a settembre voglio
ritornare qui. In giugno, prima di partire conto di prendere due altri
corsi tanto per non avere troppo lavoro il prossimo anno, l'ultimo al
college. Il tempo scorre veloce.

Vediamo un po' qualche notizia da qui. Da qualche mese esco con
la stessa ragazza. Non so se ricordi i discorsi fatti sulla seggiovia a
Cortina, ma a quei tempi gia' uscivamo insieme, ma erano solo gli inizi,
e lei non e' davvero che fosse molto... del parere... di stare con me.

Inaspettatamente ho vinto una dura battaglia di corteggiamento e ora ... spero l'incontrerai, e' davvero una ragazza in gamba.

Come tu dici di Riccardo e me, lei e' diversa da te, almeno fisicamente. Bruna capelli lunghi mossi spesso in una coda, molto alta (quasi quanto me), ma timida e dai modi privati come in fondo credo sei tu. Davvero non mi aspettavo che saremmo mai andati tanto d'accordo come ora, ma comunque non so cosa ci riservera' il futuro. Comunque e' un argomento di cui non amo parlare per lettera, magari un giorno ci faremo un piccolo resume' delle nostre love-stories, se avrai un attimo di tempo tra i tuoi tanti programmi estivi.

Prima che mi dimentico, comunque, crepi il lupo (ovvero... in culo alla balena) per l'esame. Sara' una risata e dopo averlo dato ti sentirai bene come mai in vita tua. E probabilmente avrai l'estate piu' bella che tu possa immaginare. E' in quell'estate li' che io sono venuto x la prima volta in America. Vedrai come la vita cambiera', come ti si apriranno nuovi orizzonti senza che tu neanche te ne accorga.

L'idea di lavorare alla galleria di arte moderna mi sembra un'ottima idea. Non e' vero affatto che tu non sappia trattare con la gente. Anzi... a quanto so, il 90% dei ragazzi si innamora... a parte gli scherzi, io non ti vedo segretaria in un ufficio o in qualche posto monotono dove tu non possa esplodere la tua malcelata vitalita'. Magari potresti insegnare, non so cosa, ma qualcosa di pazzo, magari sempre nel campo dell'arte. O un'agenzia turistica, ma non viaggiare, no, tu ami troppo la infatti bellissima Padova. Spero solo non ti sposi troppo presto, togliendo a molti il sogno e la speranza... scherzo.

Ma ci si fa grandi. Jennifer ha ventun'anni, e incomincio a capire a cosa incomincia a pensare una ragazza passati i diciannove. Guarda per esempio mia cugina e il suo uomo, per altro in gambissima. Naturalmente avrei mille altre cose da dirti, perche' scriverti e' come scrivere ai miei ricordi, magari c'incontrassimo scopriremmo di essere cosi' diversi e cambiati che l'atmosfera non potrebbe essere la stessa di quella di una lettera.

   Pensieri

   Niccolo'

Capitolo 31
Troppo facile

Rincontrandosi 32 anni dopo il primo incontro, Beatrice e Niccolo' si rendevano conto, certamente, che per loro due quel pomeriggio era stato tutto troppo facile, solo sogni, ricordi, voli romantici, senza il peso delle responsabilita', delle difficolta' quotidiane. Non avevano mai parlato di chi avrebbe cucinato quella sera, di chi avrebbe fatto il bucato, di quali genitori andare a trovare il weekend. Non avevano in fondo modo di litigare. Troppo facile. Il bello, e il brutto, di tutta la loro storia.

Niccolo' e la Beatrice se ne rendevano conto. "Un detto famoso dice che l'amore muore piu' di indigestione che di fame," disse Niccolo'. "Forse per questo il nostro, che non ha avuto quasi mai niente di cui nutrirsi, e' durato, almeno nella memoria, cosi' a lungo."

Quando non c'e' possibilita' di futuro, c'e' anche sicurezza. Erano oramai maturi, quarantenni entrambi, sapevano quel che facevano, e lo facevano in modo chiaro, semplice, onesto. "Noi ci possiamo dire quasi tutto," ragionava Niccolo', "tanto non ci sono rischi. Siamo due persone serie, con matrimoni solidi, e abbiamo l'oceano Atlantico a raffredare la possibilita' che il sentimento si trasformi in fisicita'. E pensare che siamo tutte e due dei fisici, dei 'tocconi', e non ce lo siamo mai dimostrato." Quest'ultima parte la penso' solo, non la disse.

Niccolo' disse pero' che durante il matrimonio non aveva mai tradito sua moglie, non aveva mai neanche baciato nessun altra. Era vero, e forse Niccolo' lo diceva anche per difendersi, per farsi conoscere, per rivelare un aspetto di se stesso di cui era molto fiero.

La loro storia era come un film, durava solo poche ore, rimaneva un bel ricordo ma non aveva conseguenze, non aveva un domani. L'amore vero invece non e' un evento, o un momento, ma un processo lungo di profonda conoscenza e lento accettarsi cosi' come si e'. Eppure era bello portare quel loro vecchio sentimento nel cuore, ne venivano come riscaldati.

Forse l'amore non e' qualcosa che ci capita, che ci investe. L'amore e' qualcosa che siamo noi a creare. Siamo noi che decidiamo di amare, che accettiamo un giorno inconsciamente di prenderci un grosso rischio e di volere bene a qualcuno, e di dirglielo. Con tutta l'intenzione di aprirci a lei (o lui), di donarci senza condizioni, senza chiedere qualcosa in cambio.

In una relazione come quella tra la Bea e Niccolo', i difetti non esistono, si possono evitare, visto che non c'e' quotidianeita'. Non c'e' tempo di scoprire le probabilmente numerose inperfezioni dell'altro. Anche se lui o lei non fosse colto, o intelligentissimo, o ancora peggio picchiasse i figli, bhe', non ci se ne accorge vedendosi a 14 o 16 anni, e poi per poche ore in una splendida giornata di sole a zonzo in una delle piu' belle citta' del mondo.

Ed in fondo e' difficile, anche per adulti che si conoscono da una vita, comprendersi davvero. Sono piu' romantici i maschi, come Niccolo' aveva sempre pensato? O forse no. Sara' vero? Ma davvero... come sono le donne? Alcune romantiche come lui? Magari anche la Bea? Dopo tanti anni, ancora non l'aveva capito. Con l'eta', si scopre che siamo tutti un po' piu' diversi di quello che si pensava anni fa, ma anche che bisogna pensare ed enfatizzare soprattutto il 99.9% di DNA e di similitudine che ci fa pressocche' quasi uguali, se uno ci pensa con la ragione.

Comunque, Niccolo' era felice che quel sentimento giovanile, quei ricordi di tanti anni fa, gli avevano dato l'ispirazione, si sentiva volare quando li scriveva, come preso da un raptus vorticoso che prendeva tutto il suo essere, e lo faceva accellerare come una macchina del tempo che vada veloce come un jet ma a 3 metri da terra. A volte voleva proprio stare solo con la Bea, scrivendole...

Capitolo 32
Circa sei anni dopo il primo incontro

Cara Beatrice,
che bellissima sorpresa. Sono ormai tornato da un paio di settimane e,
ti diro', ero un po' annoiato... Catania mi riempe solo di ricordi, e tutti i
miei amici sono ancora via all'universita'... bhe', ecco un altro
bellissimo ricordo.

Non volevo scriverti, davvero non sapendo cosa scrivere, poi mi
sono ricordato che qualche volta (e spero di non sbagliare) devi aver
detto che le mie lettere ti piacciono moltissimo. Io poi ti avrei anche
telefonato, ma odio il telefono per questo tipo di occasioni. E non posso
accampare alcuna scusa, perche'... come saprai e' davvero difficile
sentire 'Please don't go' ancora alla radio. L'unica scusa potrebbe
essere che ti penso spesso anche se non c'e' 'Please don't go' alla radio.

Passero' tutta l'estate in Italia e ti volevo solo avvertire che se
per caso passo per Padova ti telefonerei.

Tanta felicita'
Niccolo'

Capitolo 33
Rosa d'addio

Avevano passato piu' di tre ore, quasi quattro, a parlare ininterrottamente, senza silenzi strani, senza voglia di guardarsi intorno, senza sviare da concetti profondi di amore, relazioni, famiglia, passato e presente. Il tempo era volato. Il sole, all'inizio alto sulle loro teste, era tutto ad ovest, in basso, tra un'oretta avrebbe tramontato, e la luce era molto piu' diffusa e dolce.

"Camminiamo un altro po'?", propose la Bea, "Tra un pochino devo prendere il treno che mi riporta fuori da questo sogno, e di ritorno alla realta'." Venezia era sempre stupenda, forse ancora di piu' ora. Non avrebbero potuto scegliere posto migliore per questo loro incontro. Da quel giorno, quella citta' avrebbe avuto un significato un po' diverso per loro. Era primavera, una giornata serena, perfetta.

Le loro anime erano piu' vicine ora, e continuavano a scambiarsi idee, impressioni, segreti che magari avrebbevo voluto dirsi tanto tempo prima, ma non ce n'era stata mai, proprio mai, l'occasione. Si sentivano un po' piu' leggeri, come se la porta del loro io fosse aperta, cosi' da permettere all'altro di guardarci dentro.

Preso dal momento poetico, quando passarono davanti ad una statua del piu' grande poeta italiano, Niccolo', con un sorriso, non resistette dal dire: "Grazie Dante, guarda con chi sto': con la Beatrice!"

Arrivarono sul Canal Grande, dopo non aver notato monumenti e viste famose in tutto il mondo. La Bea era sempre piu' pensierosa, forse per la tristezza di sapere che quelle poche ore insieme stavano terminando. Si fermo', a mani conserte sul davanzale del muretto sul ponte di Rialto. Su una gondola c'erano dei bambini che ridevano, giocavano.

Si fermo' vicino a lei a guardare sotto anche Niccolo'. I loro occhi ancora una volta si incrociarono. La Bea guardo' intensamente gli occhi scuri di Niccolo'. Poi inizio' a spostare il suo sguardo, velocissimamente, dagli occhi alle labbra di lui, dalle labbra agli occhi, e cosi' via per attimi lunghissimi. Niccolo' ebbe l'impressione che lei lo volesse baciare, o almeno ci stesse proprio pensando. Ma, anche quella volta, si contennero, e l'attimo fuggente svani'.

Il momento era romantico, senz'altro. L'acqua del canale brillava sotto i loro occhi luccicanti. Avevano gia' deciso tempo prima che la rosa, che la Beatrice aveva continuato tutto il tempo a portare in mano nonostante le mille richieste del Niccolo' di portarla per lei lui, non sarebbe andata a Padova, ma sarebbe rimasta a Venezia.

"La butteremo qui, dal ponte, nel canale," disse la Beatrice, che aveva finalmente escogitato il giusto destino per quel segno del loro incontro. "Ottima idea," approvo' Niccolo', gia' troppo contento di aver visto la Bea cosi' felice di averla ricevuta, e cosi' triste e titubante nel doversene disfarne.

Sia la Beatrice, che Niccolo', diedero un ultimo sguardo alla rosa. Era proprio bella, grande, rosso scarlatto, i petali perfetti, non un'imperfezione. La Bea penso' un po' da che parte buttarla, poi, chissa' perche', decisero di buttarla dal lato da dove veniva la corrente.

Qualche metro di volo e, via, la rosa si poso', leggiadramente, sull'acqua del canale. La corrente, in tre secondi, la spinse sotto il ponte. La Bea e Niccolo' si spostarono dall'altro lato. E aspettarono di veder riapparire la rosa, che avrebbe dovuto galleggiare sull'acqua, scorrere sui flutti leggeri della laguna, e scomparire al loro orizzonte. Chissa', avrebbero potuto anche rincorrerla.

Ma, se la rosa era il simbolo del loro rapporto sentimentale, nel passato come oggi, poteva avere solo una fine. Aspettarono un minuto. Poi due, Poi tre. Cominciarono a sporgersi dal muretto, per guardare un po' piu' sotto al ponte. "Magari si e' arenata un attimo sotto il ponte, ma la corrente la spingera' eventualmenete da questa parte," commentava la Beatrice.

Cinque minuti. Poi dieci minuti. "La rosa e' affondata, Bea," sospiro' Niccolo'. "Forse era proprio come quello che c'e' stato tra di noi. Una cosa grande, pesante, abbagliante, che appena si rivela poi affonda nella realta', e ritorna ad essere un segreto." La rosa in effetti era cicciona, grande, e non la videro piu'. La Bea ci rimase comunque molto male. Niccolo' si rincuorava pensando che forse era affondata solo dal troppo sentimento.

"Dobbiamo proprio andare, se no perdo il treno," fece la Bea, che piano piano si sforzava di tornare alla realta'. Si incamminarono verso la Stazione Santa Lucia, con Niccolo', malgrado fosse lui a vivere all'estero, a far strada tra i calli e i ponti di Venezia. "E' stato proprio bello vederti, grazie," disse la Bea. "Non poteva andare meglio," approvo' Niccolo'. "Abbiamo aggiunto altri meravigliosi ricordi alla nostra storia, non rovinando per niente, anzi rafforzando, tutti i sogni del passato."

Alla stazione, Niccolo' descrisse appassionatamente come era stato bello, quasi cinque ore prima, aspettarla arrivare con il treno. Come si era sentito buffo con quella rosa cosi' rossa e appariscente in mano. Aspettarono che la lavagna luminosa annunciasse il binario del treno Venezia-Padova. L'annuncio arrivo'. Ed arrivo', puntuale, anche il treno.

Era il momento di salutarsi. Sempre il piu' difficile. Come all'aereporto, o alla stazione dei bus, era sempre piu' bello andare a prendere le persone, familiari, amici, partners, invece di accompagnarli per una partenza. Il segnale 'arrivals' era piu' bello di 'departures', in genere.

Come salutarsi? Si sentivano entrambi un po' goffi. Quando l'altoparlante disse che il treno era in partenza, si abbracciarono. Niccolo' era contento cosi'. Poi, per un millisecondo, mentre i loro quattro bracci si separavano, senti' una mano leggera e veloce toccargli il sedere.

La Beatrice sali' sul treno, e si sedette. Niccolo' la vedeva dal finestrino, benche' lei fosse dall'altro lato. Alzo' la mano, e cosi' fece lei, e continuarono a salutarsi altre due o tre volte. Per almeno cinque lunghissimi minuti, il treno, a porte chiuse, non parti'. La Bea, forse anche imbarazzata, gli fece segno di andare. Ma Niccolo', grande e grosso, se ne stava li' impalato ad aspettare, solo, e non si mosse finche' perse lo sguardo di lei, quando il treno parti'.

Mentre camminava ancora in stazione, Niccolo' continuava a ripensare agli splendidi momenti passati insieme. E si tocco' il sedere. Gli sembrava proprio che lei glielo avesse toccato. "Ma che magari un po' di attrazione fisica per me ce l'hai a volte, per sbaglio, anche tu?" penso'. "Lo vorrei proprio sapere: sei una che tocca?"

La strada verso il suo hotel lo riporto' lungo il Canal Grande, dopo il ponte di Rialto. Lo sguardo e i pensieri ritornarono su quei dolci flutti, ora piu' scuri. Niccolo' si fermo un attimo. Si', ad un certo momento gli parse proprio di vedere la rosa tra i placidi e bassi flutti del Canale Grande. Ma era solo un'illusione.

Lunedi', 7:33pm
Niccolo': *"Buon viaggio. Grazie del sogno. Continuo a darmi pizzicotti...."*
Bea: *"Avrei voluto zittire tutti intorno a me, perche' tu, proprio tu, eri li' e per me. Anche per me si e' realizzato un sogno. Un bacio."*

Lunedi', 8:01pm
Bea: *"Incredibile, sono gia' arrivata. Mi sembra impossibile aver fatto cosi' veloce per andare cosi' lontano..."*

Capitolo 34
Circa sette anni dopo il primo incontro

Carissima Beatrice,
bhe', e' tanto tempo che non ci sentiamo, e io ti penso spesso, quindi ho finalmente deciso di scriverti, sperando ti faccia piacere ricevere notizie da un tuo vecchio amico (e, per sempre, ammiratore).

Il 2 gennaio, quand'ero in Italia, Betta ed io abbiamo anche ricevuto un tuo cartoncino di auguri. Ti diro', gia' il giorno prima ero la' la' (Betta testimone) per telefonarti, ma un po' mi e' mancato il coraggio, un po' ho pensato fossi a Cortina, un po' odio parlare al telefono, dove non so proprio cosa dire a meno non sia qualcosa di 'business'.

Non so proprio come immaginarti. Mi son fermato un attimo a pensarci e, sai, non so niente di te, o quasi... Forse solo qualche pettegolezzo su te e il tuo ragazzo (neanche tanto, oltre al fatto che si chiama Fabrizio). E forse, solo forse, tu sai anche poco di me.

Che dirti. Sto studiando come un mulo da soma in quest'ultimo periodo. Qui il programma mi vede ancora impegnato con materie di base come Anatomia e Fisiologia, che mi stanno ammazzando di studio. Le materie sono bellissime, ma, per farti un esempio, e' mezzanotte e dalle 9 stamattina e' il primo 'break' dagli studi, davvero. Ma non e' sempre cosi'.

Spesso trovo 'varchi' inaspettati e per giorni faccio poco e niente. Sono stato un paio di settimane in Italia e li', come immaginerai, mi sono rilassato molto. Qui la mente e' allo studio. Mi trovo molto bene comunque, ho qualche buon amico e mi tengo stretti i miei di New York (dato che ora sono a Washington) che vado a trovare almeno 1-2 volte al mese.

Spero anche di farmi una sciatina presto, anche se qui e' molto costoso. Naturalmente, quando studio, di solito penso a ragazze (un pizzico di battuta ci sta bene), e alla mia situazione in relazione ad esse (chissa' cos'hai capito da questa contortissima frase).

Bha', sono un po' confuso anch'io, non so che dirti. Ho avuto qualche storia + o – seria quando sono arrivato qui a Washington in autunno, ma qualche strano sentimento mi ha riportato indietro a la mia vecchia ragazza dell'anno scorso, Jennifer, con cui sono stato lungamente (bhe', non una maratona come fanno altri – frecciatina).

Non so proprio quanto la cosa sia seria. So che so poco del mio futuro... se voglio ritornare come voglio qualche giorno in Italia, come andarmi a... intrecciare con un'americana? Oppure non ci saranno problemi e tutto filera' liscio senza che io mi preoccupi troppo?

Bhe', questi sono i pensieri piu' o meno futili che mi passano per il cervello. Chissa' te. E chi sa se hai davvero voglia (come lo sconsiderato che ti parla fa) di dividerli con me.

Abbracci e pensieri
Niccolo'

Capitolo 35
Il pensiero di stare insieme

Nella vita, si fanno miliardi di scelte. Solo nel film 'Sliding doors' si sa come poteva essere la vita se, in quel preciso istante, si fossero fatte scelte diverse. Nella storia di Beatrice e Niccolo' forse c'erano stati, forse no, momenti in cui l'uno o l'altra avrebbero potuto dichiarare piu' apertamente il proprio amore, e cambiato il loro destino.

Pensando a loro due, Niccolo' si immaginava come sarebbero stati come coppia adulta. In fondo, il tempo gli aveva insegnato a guardare oltre degli occhi belli per capire con che tipo di compagna poteva essere felice. Se dopo la Beatrice per un po' di anni fu attratto ancora dall'aspetto fisico e poco altro, erano decenni ormai che aveva capito che altre cose erano piu' importanti per la felicita' di coppia, almeno per lui.

Quando aveva circa 28 anni, Niccolo' aveva finalmente capito che l'intelligenza della compagna era la cosa piu' importante per lui. Aveva compreso che avrebbe sempre trovato argomenti su cui essere in disaccordo con la compagna. Ma se questa fosse stata intelligente, non avrebbero litigato, ma invece avrebbero comunicato in modo efficiente e impegnato.

Niccolo' aveva capito che una donna colta, che aveva studiato parecchio come lui, all'universita' e magari anche dopo, sarebbe piu' naturalmente stata sulla sua stessa 'lunghezza d'onda', e che gli sarebbe stato piu' facile comprendersi a vicenda.

"Chissa'," pensava Niccolo'. "Chissa' se io e la Bea saremmo poi stati felicissimi: la Bea senza laurea, abituata a gran agi, con ville al mare in Sardegna e in montagna sulle dolomiti... Siamo molto diversi in questo, chissa' se avrebbe capito quanto mi piace il mio lavoro, come mi appaga fare il medico sia clinico sia universitario," rimuginava Niccolo'.

Niccolo' si rendeva conto che erano tante le cose che forse non sarebbero andate tra di loro. Un'altra differenza era la loro capacita' di 'committment' da ragazzi. "Io non ti avrei sposata da cosi' giovane

– o forse, visto come ero innamorato, se mi fossi trasferito a Padova...”

Erano pensieri strani, tutti poggiati su 'se' e 'ma', non legati alla realta'. Ma a volte e' bello cullarsi su possibilita' di relazioni con altri, in fondo siamo tutti differenti l'uno dall'altra, l'importante e' capire le priorita' che uno deve avere nell'altra persona che sogna come partner, e Niccolo' sapeva che l'apparenza non era piu' la caratterista numero uno.

Non sapeva come avrebbero fatto l'amore, se benissimo passionale e multiorgasmico o che, ma sperava che si sarebbero baciati a lungo. Dopo aver fatto l'amore, si sarebbero fatte coccole post-coitali, o si sarebbero girati dall'altra parte? Magari avrebbero continuato a darsi baci e carezze, e guardarsi. Comunque, era incredibile come, dopo 32 anni, ormai adulto, con tante esperienze, era ancora impossibile per Niccolo' immaginarsi coinvolto sessualmente con la Bea.

Forse la Beatrice era pigra come Jennifer? Forse troppo ben voluta dal padre? Forse la tua vita e' stata sempre facile e serena, difficile da migliorare. Chissa' se nessun uomo poteva veramente renderla felice la Beatrice, pensava Niccolo'.

Comunque, era anche vero che, 32 anni dopo il loro primo incontro, un sentimento ancora vivo li univa, e l'attrazione verso l'un l'altro, la stima, la voglia di guardarsi e stare insieme non sembravano diminuite. Magari avrebbero dovuto solo aspettare altri 32 anni, chissa', tanto il loro sentimento non era uno di quelli che sbolle.

Capitolo 36
Circa tredici anni dopo il primo incontro, sul diario di Niccolo'

Ieri ho sognato Beatrice, ti rendi conto, sono passati 13 anni, e siamo stati insieme 24 ore sole, e il massimo dell'eros e' stato... tenersi per mano.

Forse e' proprio quello l'amore vero, perfetto. Innocente, buono, io non avevo neanche notato se aveva il seno grosso o piccolo, il bel sedere, neanche le labbra, che scherzi, come osare mai baciarla? Lei e' sposata con bambina (Francesca, bel nome), eppure ogni tanto mi manda una cartolina.

Io che dovrei fare? Quello che mi fa piu' paura e' che non la conosco nemmeno, in fondo, che questo sentimento e' un sentimento primordiale, rozzo, che si materializza una notte in Beatrice, ma in fondo ogni giorno va cercando un viso, un sorriso, un corpo, un intelligenza dove collocarsi.

Capitolo 37
La dichiarazione

La sera dopo essersi visti dopo 32 anni, Niccolo' fu fortunato, perche' ando' a cena con una collega, suo marito, e la specializzanda di Padova che era stata per mesi da lui negli USA. Non aveva potuto pensare alla Beatrice, dovendo rispondere alle loro domande.

Il giorno dopo poi Niccolo' aveva il congresso internazionale, dove fu concentrato sulla scienza della sua specialita' medica. Si ritrasformo' nel Niccolo' che la Beatrice non aveva mai conosciuto, serio, intelletuale, famoso, cercato da tutti. Ma quando apri' la sua email, scopri' un messaggio che non si aspettava.

Mercoledi', 5:11 di mattina

Ciao Niccolo',
come vedi l'effetto insonnia l'ho avuto anche io... e non ho avuto il coraggio di dirti che nei tre giorni precedenti anche io mi svegliavo prima del solito con una gran emozione.

Ho bisogno proprio di parlarti, perchè sono stata a letto un'ora a pensare, cercando di riaddormentarmi ed è stato peggio. Ti ho detto che sono una persona sincera, è vero, ma ieri non ce l'ho fatta a esternare tutto quello che sentivo, come hai fatto tu.

Ieri è stato, e tu sei stato, TANTO... e poi mettici tutti gli aggettivi positivi che vuoi. E, in più, mi hai dimostrato e raccontato che sei TUTTO quello che Riccardo non è.... E questo è grave.

In questi anni ti ho serbato in fondo al mio cuore come una piccola perla in un cofanetto, che ogni tanto aprivo per poterne godere la bellezza. Sapevo che quando avessi voluto si sarebbe fatta ammirare e mi avrebbe fatta felice perchè era mia e mia soltanto.

Credevo che trent'anni passati lontano mi avessero levato quell'incertezza dolcissima che mi sentivo quando dai 14 ai 18 anni io e te ci salutavamo e non ci vedevamo più per un sacco. O quando per tanti anni ricevevo le tue lettere ricche di te.
E invece no.

Tutte quelle belle parole sulle circostanze fortunate per cui non corravamo pericolo a rivederci... mah...

Sono rimasta in trance fino a casa, come se mi avessi iniettato un virus paralizzante e inebriante.

Non sono più la Beatrice di trent'anni fa e ieri ho fatto una gran fatica a non abbracciarti e stringerti forte. Mi conosco, sono maledettamente portata a fare di tutto per rendere felici le persone.

Quella perla nel mio cuore adesso non è più piccola, vaga grossa con tutta la sua bellezza, confondendomi, io devo ASSOLUTAMENTE farla tornare come prima. Riccardo, con ironia, mi ha fatto capire di non essere stato per niente contento di quello che ho fatto.

Ci siamo detti che ci rivedremo, ma chissà! Non credo proprio sarebbe una bella idea.

Forse se tu non mi coprissi di tutti quei meravigliosi complimenti... se non mi sfiorassi con il tuo sguardo... quasi di nascosto...

Mi sa che dovrò aspettare tantissimo prima di essere di nuovo "giusta".

In cambio delle lettere serberò, nascosti, i tuoi libri...

la tua Beatrice

p.s. spero di non essermi coperta di ridicolo a dirti tutto, e mi auguro, veramente, che invece tu stia benissimo.

Che peccato! mi toccherà cancellare e non potrò serbare questa lettera...

Niccolo' lesse e rilesse questa lettera almeno tre volte, d'un fiato. "E io che certe volte pensavo non se ne fregasse niente di me. Questa e' stata, e chissa', rimarra' per sempre, la prova piu' grande del tuo sentimento nei miei confronti." Poi la rilesse ancora, sempre incredulo. Ora aveva finalmente le prove! Anche la Beatrice provava per lui quello che lui aveva provato per lei.

La sua mente, e ancor piu' il suo cuore, volavano: "Sono sempre stato cosi' innamorato di te, cosi' abbagliato, da non accorgermi che anche tu eri innamorata di me. Perche' e' a volte piu' bello essere innamorati che essere ricambiati. Il proprio cuore batte cosi' forte che il suo rumore, il fragore assordante dei sentimenti non ci fa notare il pur forte battito dell'altra."

Pensava e parlava nel suo cervello alla Bea: "Ti sei innamorata dopo 32 anni, o lo sei sempre stata? Forse nessuna delle due ipotesi, sono solo io che mi illudo? Che continuo a sperare?" La lettera pero' gli sembrava proprio inequivocabile. E pensava: "Sono io che dovrei dire ora 'Ma perche' proprio adesso?' Eri stata cosi' brava, per 32 anni, a dirmi che non mi volevi bene."

Martedi', 6:17 di mattina

Grazie
Grazie
Grazie
Per il 1978 e per il 2010, e per tutti i bei pensieri in mezzo.
Anche tu scrivi bene. Mi terro' anche gli sms, avevo gia' deciso ieri sera.
Ho scritto di noi fino a mezzanotte e mezza.
Poi mi hai svegliato alle 6:13, imperterrita, insopprimibile tra i miei neuroni.
Mi fai sempre soffrire, tra mie lettere ce n'era una con una calligrafia diversa, non l'ho letta e non la leggero', ma ho visto solo la firma, Riccardo, e un grandissimo 'Ti amo' sopra. E' un uomo fortunato.
Abbraccio,
Niccolo'

Martedi', 9:10 di mattina

Beh!... per una volta sono stata più prolissa e sdolcinata di te.
Quante cose vorrei ancora sentirmi raccontare, ma non devi.
Scusa per la lettera... me la spedisci insieme ai libri?

Martedi, 9:29am

Senz'altro.

Scrivero' molto su di te nelle prossime settimane, mi fa bene, mi aiuta a sfogare quello che ho dentro, mi aiuta a ricordare, e mi aiuta a capire.

Non rispondere ora, ma sarai l'unica a cui potro' mai far leggere 'il primo amore'.

Il tuo Niccolo'

Martedi', 9:24pm
SMS

Beatrice: *"Com'e' andato il congresso? Scusa ma finche' sei in Italia ti penso, poi ti prometto, basta. Buonanotte e x domani buon viaggio."*

Niccolo': *"Stavo pensando a te, non esci proprio dal mio cervello. Congresso ottimo."*

Beatrice: *"Io sono ad una cena di gala 'noiosissima', con tutti personaggi importanti,... ma come vedi... ti voglio dire ciao."*

Niccolo': *"Io ho gia' scritto in treno l'inizio del nostro romanzo, 10 pagine."*

Martedi', 11:27pm

Beatrice: *"Ok ora sono arrivata a casa, porto fuori il cane e poi vado finalmente a letto, visto che praticamente non ho dormito la scorsa notte. Ciao e buon viaggio. Un bacio."*

Niccolo': *"Ti auguro sogni d'oro. Domani tolgo il disturbo, e cambio continente, almeno fisicamente."*

Martedi' notte, mercoledi' mattina, 12:43pm

Niccolo': *"Vedi le coincidenze:*

alle 7:38pm, solo tre minuti dopo la partenza del tuo treno, Paolo scrive su Facebook:

"Questa estate mia figlia andrà in Inghilterra (o meglio, in Irlanda) con la scuola. Devo dirvi che mi fa un certo effetto..."

Raffaella risponde:

"Ohi ohi.... Occhio agli argentini.... E ai catanesi!!!! Che bei tempi, si divertirà come una matta!"

Betta:

"Paolo,ho qualche foto delle recite che scrivevi. Dovrei tirarle fuori con la Beatrice che faceva l'innamorata con Niccolo' e c'era chi faceva l'albero o il sasso o la panchina!!!!"

Raffaella:

"Betta, non distruggere Gianni, che cantava sempre 'I'm easy' per la Beatrice..."

Mercoledi', 9:04am

Email della Bea:

Non e' che il nostro incontro inconsciamente ci ha fatto ripiombare tutti in Inghilterra?

Sono un po' scioccata, sono alchimie strane. Quasi quasi mi faccio anche io il profilo e mi inserisco nella discussione dell'Inghilterra, perche' io, da mamma 'veterana' quale sono, quell'emozione di avere i miei figli che partono per l'Inghilterra, l'ho gia' passata...

Avevo deciso che non ti avrei piu' scritto per non rompere piu'...

Vabbe' a presto.

Mercoledi' 10:04am

Niccolo': "Sono al Club Anfore del T5 di Fiumicino, carico il computer cosi' posso continuare a scrivere di te anche sull'aereo.

Io, almeno con te, non nascondero' questo bel sentimento, che certo e' piu' di un un sentimento, e continuero' a scocciarti, ogni tanto.

Per le prossime 10 ore, pero', saro' solo solo col pensiero di te tra le nuvole.

Che bello."

Mercoledi' 9:06pm
SMS
Niccolo': *"Sono gia' arrivato, mi hai fatto volare il tempo."*

9:17pm
Beatrice: *"Sei volato in un lampo dalla tua stupenda famiglia. Goditela e continua ad essere quel meraviglioso marito e padre che sei. Un bacio."*

Niccolo': *"Anche tu continua ad essere la meravigliosa moglie e madre che sei. Ricambio, ti diro' molto volentieri, il bacio."*

Ringraziamenti

Anna Berghella
Francesco Palazzo
Pierluigi Santangelo